Cuentos Para Compartir con Mi Pareja Libro 2

J. F. Nodar

Northport Booksellers
Spring Farm, NSW, Australia

Publicado por primera vez en Español en 2024.
Publicado por Librerías de Northport
Correo electrónico: info@jfnodar.com.au
URL: https://www.jfnodar.com.au

 Puede haber cuentos y/o poemas que hayan sido publicados previamente en otros medios. Todos los personajes, lugares y situaciones son ficticios.

Impreso para los libreros de Northport en Australia
Cuentos Para Compartir con Mi Pareja Libro 2
Nodar, José F.
ISBN 978-0-9756281-0-2 (impreso)
ISBN 978-0-9756281-1-9 (edición Kindle)
Traducción por: Gustavo Salcedo

Nota del editor: esta es una obra de ficción. Nombres, personajes, lugares e incidentes son producto de la imaginación del autor. A veces se utilizan lugares y nombres públicos con fines atmosféricos. Cualquier parecido con personas reales, vivas o muertas, o con negocios, empresas, eventos, instituciones o lugares es completamente coincidencia.

SOBRE ESTE LIBRO

¿Por qué escribe un individuo? ¿podría ser en busca de fortuna, reconocimiento o fama? ¿Podría ser como una expresión de creatividad? Tal vez quiera mostrar sus diversas perspectivas.

Algunos individuos quieren representar al lector su reflejo de crecimiento personal o su celebración de la diversidad. Cualquiera que sea la razón que puedan tener estas personas podría describirse como que querían escribir por el placer de hacerlo.

Esa es mi razón principal. Y entonces, ¿qué pasa si vendo algunos libros maravillosos? Mientras alcance el punto de equilibrio y recupere mis costos seré feliz, pero, si puedo hacer sonreír a un solo lector con estas historias, de seguro que ya estaría siendo el hombre más feliz del mundo.

Al final, espero haberte dado a ti, lector, la oportunidad de profundizar en mi mente peculiar y contarte un poco de mí.

AGRADECIMIENTOS

Ante todo, deseo agradecer el apoyo espiritual y moral que recibí de mi esposa, Miriam V. Nodar.

¡Te dedico este libro, Red!

Sin este apoyo y los numerosos desayunos, almuerzos y cenas que ella ha preparado para mí durante nuestros veintitantos años de matrimonio, no tendría fuerzas para sentarme frente a una pantalla y golpear las teclas. En segundo lugar, me gustaría agradecer a todos los lectores que se suscribieron a mi boletín y a aquellos lectores que compraron mis libros anteriores. ¡Sus comentarios, conocimientos y aliento me mantienen activo todos los días para sentarme, soñar y golpear las teclas!

Contents

MI PREMIER LIBRO

Durante el último año y medio, he estado participando en el Grupo de Autores de Northport, que se reúne en la biblioteca local de la misma localidad una vez al mes para un día entero de debates y simposios sobre habilidades de escritura. Esta mañana no fue diferente. Nuestra reunión comienza a las 10 a. m. y dura hasta las 4 p. m. con un descanso para el almuerzo. Mientras esperaba en el área de lectura de la biblioteca a que abrieran nuestra sala, escuché: "Psst. Puedo conseguirte todo barato".

Al girarme, me encontré con un hombre de aspecto misterioso, detrás de mí, con una sonrisa que parecía esconder un secreto. "¿A qué te refieres?" pregunté, mi curiosidad picada pero también un tanto preocupado. Había estado inmerso en mi trabajo, puliendo la serie de historias de mi personaje principal (un ladrón) con la esperanza de darles forma en una novela o, al menos, una antología. La tranquilidad de la biblioteca era mi refugio para este proceso, así que me molestaba la interrupción, aunque al mismo tiempo me intrigaba lo que este extraño podría tener para ofrecer. "Una vez más, ¿qué quieres decir con que puedes conseguirme todo barato?” pregunté con cierta incredulidad.

El hombre acercó una silla y habló en voz baja, su sonrisa aún enigmática. “Me refiero a que puedo proporcionarte todo lo necesario para obtener un ISBN. Lo tengo. También puedo conseguirte un número ISSN. Y si necesitas imprimir los libros, lo tengo cubierto”, dijo el hombre con sus gafas centelleando detrás de su sonrisa.

“¿Qué son un ISBN y un ISSN? Y, ¿por qué los necesitaría?” pregunté, sintiendo una mezcla de curiosidad y cautela mientras señalaba mi montón de papeles escritos a mano.

"Bueno, amigo mío, la respuesta a eso depende de lo que planees hacer con tu novela", dijo el hombre, indicando mis escritos con un gesto.

"Explícame la diferencia", dije.

“Un ISBN o número de libro estándar internacional es un identificador de libro comercial numérico de trece dígitos que es único para cada uno de los libros que usted escribe. "¿Planeas escribir un libro?" me preguntó con curiosidad.

"Sí", respondí, pero tan inmerso en la intriga como siempre.

"El ISSN es un número de serie estándar internacional, un número de serie de ocho dígitos que se utiliza para identificar una publicación en serie", respondió el hombre. “Entonces, ¿tiene intención de publicar un libro, no una serie? ¿Cuál es tu enfoque?" preguntó de nuevo.

“Bueno, tal vez un libro, sí. No estoy seguro todavía”.

En ese caso,” dice el hombre, “obtén ambos y estarás en mejores condiciones para hacer lo que quieras cuando lo decidas. ¿Qué opinas?”, me presionó para que respondiera.

“Dios, tengo confianza en que escribiré más novelas, al menos eso creo y las publicaré, incluso si las publico yo mismo, así que supongo que necesito el ISBN. ¿Cuánto cuesta?” Insistí en mi pregunta.

“Un pequeño costo de $45,00 para ti, amigo mío, por el primer número único, luego, si quieres más, nuevamente solo $45,00 cada uno. ¿Qué piensas? ¿Tenemos un trato?”

Mis pensamientos volaban por mi mente; $45,00 parecían razonables para el primero y luego $45,00 nuevamente. ¿Qué puedo perder? "Sí, conseguiste un trato". Sonreí y le estreché la mano.

Entonces, preguntó el hombre de gafas; "Ahora, ¿qué tal la impresión de tu libro? ¿Alguna idea sobre cómo vas a hacerlo y la cantidad que podrías necesitar?"

No, no lo había pensado honestamente, de hecho, había pensado muy poco en ello, pero luego pensé que, con mi familia, amigos y tal vez incluso conectándome con una pequeña librería independiente en el área de Northport, podría vender al menos cien libros, eso dije: "Necesito cien libros. ¿Cuánto cuesta?"

"Espera un minuto. Se necesitan muchas preguntas para decidir sobre la impresión de un libro. Empecemos por el tamaño. ¿Alguna idea?", quiso saber el hombre esbozando una sonrisa en el rostro.

Mi respuesta fue: "Ninguno, ¿qué me recomiendas?"

"Bueno, creo que un tamaño útil es el tamaño A5, que mide 210 mm x 148 mm, con papel blanco y negro en formato de bolsillo, con un lomo pegado y encuadernado perfectamente, una cubierta laminada en color y alrededor de 150 páginas. ¿Estaría bien esto para tu primera publicación?"

Lo pensé un poco.

Una vez más, no me había dado cuenta de que se necesitaban tantos detalles para publicar un libro. Cuando ves libros en bibliotecas y librerías, están ahí; Nunca te preguntas el proceso por el que pasa un libro hasta convertirse en un libro físico. Puedes pensar en el esfuerzo que hace el escritor, el corrector, el editor, el ilustrador y muchos otros, pero no la creación física del libro en sí, nunca, así que hoy aprendí algo.

"Si, suena bien. ¿Cuánto cuesta que me produzcan y entreguen los libros en Northport?"

"Para ti, amigo mío, el costo es de $45,00 por un ISBN y la impresión, entrega y GST otros $1,445,00. ¡Todo lo que tienes que hacer es pensar en el precio de venta por libro y ya eres un escritor publicado!" Responde satisfecho el hombre de gafas

Esta acción agotaría mi cuenta bancaria en $1,490.00, pero si pudiera obtener, digamos, $25 por libro, lo que serían $2,500.00 brutos, menos los $1,490.00, eso me dejaría con mi primera ganancia de $1,010.00. No está nada mal, pensé para mis adentros, evaluando el potencial retorno de mi inversión.

El hombre, repitiendo nuevamente y sonriendo, dice; "Por cien libros impresos y entregados en su casa, el costo es de $1,490.00, incluyendo su número IBSN. ¿Qué te parece, trato?"

Nuevamente, nos estrechamos la mano para cerrar el trato y el hombre accedió a enviarme una factura por los libros que, según afirma, puedo pagar al momento de la entrega y la inspección. Mientras salía de la biblioteca, pensé para mis adentros; "¿Demasiado fácil?"

Nunca asistí a la reunión de ese día del Grupo de Autores de Northport. Estaba demasiado emocionado.

En una semana, veo una furgoneta de reparto detenerse frente a mi casa y el repartidor descarga cuatro cajas. Antes de que el repartidor pueda tocar el timbre, abro la puerta y doy la bienvenida a la entrega de mis "bebés". Firmo para la entrega y llevo cada caja a mi comedor, donde coloco la primera caja en la mesa y el resto en el suelo. Corté la parte superior de la caja, asegurándome de no lastimar a mis bebés que están dentro.

La portada es simplemente magnífica. Utilicé una foto gratuita de un antiguo Northport, con un impresionante fondo en blanco y negro, que muestra una granja antigua, y la incorporé como parte de mi diseño de portada. El título del libro, "Historias de Northport: Viejo y Nuevo", está inscrito en la parte inferior en un llamativo rojo intenso, capturando la atención de cualquiera que lo vea. Estaba completamente enamorado de cómo quedó. Me duele la idea de tener que regalarlos o incluso venderlos, porque, como mencioné antes, son como mis "bebés", fruto de tanto esfuerzo y dedicación.

“No”, me dije a mí mismo; “Estos son frutos de mi sueño de ganar dinero y de mi futura gloria como escritor. Me separaré de ellos y espero escribir más.”

Me senté frente a mi computadora, ingresé los detalles para pagar la factura y presioné la tecla Pagar. *"Estoy listo para el negocio"*, me dije.

A la mañana siguiente, me aventuré en el distrito comercial central de Northport y me dirigí a las tres librerías locales para ver si el propietario/gerente quería llevarse los libros en consignación. La primera librería fue un fracaso total. Es parte de una de esas mega cadenas que tenían innumerables vicepresidentes a cargo de todo, y para que una persona consiga una cita para una reunión, el infierno tiene que congelarse.

Mi segunda librería resultó un poco más bienvenida pero tampoco un éxito. Era una librería de segunda mano y el gerente dijo que podía comprar unos cinco libros por dos dólares cada uno. "Los libros no están usados. Son nuevos." Rechacé la oferta y caminé hacia mi última esperanza.

"Missy's Book Shop", en Paragón Arcade, era esta pequeña y adorable librería propiedad de la Sra. Missy Kottar. La señora Kottar debía tener poco más de setenta años, pero vestía como un rayo de sol y, cuando hablamos, se siente una chispa en el aire cuando se expresa. Me presenté a la Sra. Missy y le conté mi sueño de convertirme en un escritor publicado.

OK, además fui autoeditado. Le conté mis comienzos en la escritura y mis sueños futuros mientras la Sra. Missy estaba parada detrás de su pequeño mostrador y escuchaba, sonreía y asentía con la cabeza.

Cuando terminé mi discurso, ella dijo; "Hijo, esa fue una gran historia, y realmente lo disfruté. Tanto que te daré una oportunidad en mi humilde tiendita para que vendas tus libros, te daré un espacio encima en la sección histórica, y otro poquito de espacio en la sección de ficción para digamos, diez libros cada uno, ¿qué dices?"

No sabía qué decir. No tengo a nadie que me ayude en mi esfuerzo. Entonces, ¿qué podría decir?: "Sí, ¡fantástico! ¿Cuándo debo traer los libros?"

"Espera un momento hijo, hablemos de finanzas". Oh, oh, aquí viene. Puedo ver que mis ganancias simplemente están desapareciendo, pensé.

La Sra. Missy dijo: "He estado en este negocio durante 40 años y tengo una idea bastante clara de cuáles deberían ser los precios para un autor que se autoedita, así que quiero ser justa. Escucha, yo tengo muchos gastos para llevar esta tienda y, como puedes ver por mis horarios de apertura, cubren sólo cuatro horas al día de lunes a sábado, porque voy a la iglesia los domingos y descanso el día del Señor. Entonces, tengo una propuesta doble para usted. Le pagaré $18 por libro, lo venderé por $30, y creo que, si cubre sus costos, ambos obtendremos una pequeña ganancia. Para empezar, ¿qué te parece?"

Pensé que era un trato justo que me ofrecía la Sra. Missy, así que estoy de acuerdo. Entonces la señora Missy dijo: "Mi otra propuesta es que usted venga y se ocupe de la tienda por mí cuatro horas más al día, de lunes a sábado, asegurándose así de que esté abierta ocho horas al día y que ambos descansemos el domingo. ¿Le resulta aceptable este trato?"

Me quedé allí, sumido en mis pensamientos. Reflexioné sobre cómo esta oportunidad podría absorber mi vida como autor, desviándome de mi rutina de sentarme en solitario en la biblioteca y considerar ideas para nuevas historias. No me imaginaba pasando veinticuatro horas a la semana en una librería, donde mis libros estarían expuestos y disponibles para la venta. La propuesta tenía sus desventajas evidentes: mi tiempo para escribir se vería reducido. Sin embargo, también reconocí algunas ventajas potenciales. Podría observar a las personas que entraban en la tienda, estudiar sus comportamientos de navegación y compra, conocer a personas interesantes y, quizás, explorar nuevas ideas para futuras historias.

Después de sopesar los pros y los contras, finalmente tomé una decisión. Miré a la propietaria de la tienda y le dije: "Tiene un trato, señora Missy".

Han pasado veintisiete años desde mi encuentro con la Sra. Missy, quien ya falleció. Soy dueño de la *"Librería de Missy"* y mientras estoy detrás de mi pequeño mostrador, tal como lo hizo la Sra. Missy cuando la vi por primera vez, me pregunto cuándo entrará algún joven novelista para hablarme sobre su primer libro.

MI PRIMER TRAJE

"Pero yo no quiero ir a ver a la señorita Arancini a comprar mi primer traje, Mama. Quiero ir a casa de Whitman." Le imploré a mi madre. Verás, la semana que viene Iba a comenzar mi primer trabajo en Northport para el Banco Comercial de Sídney o como es conocido el BCS, ya que era más conocido como cajero en prácticas en su sucursal en Northport, Nueva Gales del Sur (NSW).

Estaba emocionado de haber terminado mis estudios en la Escuela Pública Northport. Estaba listo para comenzar mi aprendizaje en el Banco de Comercio de Sídney y quería lucir tan elegante como siempre, de ahí mi insistencia en comprarme un traje nuevo en Whitman. Mamá tenía otras ideas. "No Walter, irás hoy a que la señorita Arancini. Ella te va a medir para tu nuevo traje, y eso es todo, jovencito. ¿Necesito hablar con tu padre sobre esto?"

Ese fue el final de la conversación, así que me decidí porque la señorita Arancini iba a confeccionar mi primer traje.

No es que no me agradara la señorita Arancini, bueno, no me desagradaba, pero ciertamente era una mujer peculiar. A sus cuarenta y ocho años, según la gente del pueblo, era considerada una anciana. Nunca se casó y vivía en un edificio de aspecto particular desde el día en que nació. Rara vez se la veía en las tiendas o en la iglesia. Corrían rumores sobre luces extrañas que se encendían y apagaban en su casa durante la noche, y cuando los vecinos se quejaban con el agente Brightman, él simplemente llamaba a la puerta de la señorita Arancini, preguntaba qué estaba sucediendo y luego regresaba a la estación para informar: "Todo está bien con la señorita Arancini". Nadie se molestaba en intentar averiguar su apellido. Todos la conocían como la señorita Arancini. Quizás no tenía apellido, me pregunté. De todos modos, la gente dejó de quejarse. A pesar de ser extraña, no parecía causar ningún daño.

Cuando llegamos a la casa de la señorita Arancini, ella nos recibió con té y bollos recién hechos. La señorita Arancini dijo: "Siempre es agradable conocer al cliente antes de ponerse manos a la obra". Es un dicho extraño, pero sus bollos son deliciosos y una buena taza de té calma los nervios de cualquiera.

"Entonces, ¿qué quieres, jovencito?" Pregunta la señorita Arancini.

Antes incluso de abrir la boca, mi madre interviene: "Necesita un traje gris de aspecto modesto. Nada sofisticado.

Algo que podamos permitirnos combinar con su nueva camisa blanca y la vieja corbata de su padre. No quiero gastar mucho dinero," Dice mi Mama.

Supongo que hoy no se escucharán mis necesidades y deseos, así que simplemente le sonreí a la señorita Arancini y ella me devolvió la sonrisa.

"Déjemelo a mí, señora Campbell. Sé lo que necesita el joven. Si puedes volver en un par de horas, terminaré con todas mis medidas y luego podrá volver a casa contigo para cenar", dijo la señorita Arancini.

"Espléndido, entonces regresaré a las 5 M para recoger a Walter". Dijo mi madre dándome un beso en la mejilla (que vergüenza) y sale de la casa.

"Ahora Walter, dime qué quieres TÚ en un traje". La señorita Arancini me susurra.

Me tomó por sorpresa ya que nunca nadie me pidió mi opinión, me quedé con la boca abierta por un minuto hasta que salieron estas palabras: "Quiero que el traje me haga lucir y sentirme exitoso, señorita Arancini. Pero, ¿puedo hacerte una pregunta?"

"Pero claro, joven Walter, ¿qué pasa?"

"Tu nombre Arancini, es un nombre bastante divertido para una niña. ¿Cómo lo conseguiste?" pregunta Walters.

"Bueno, Walter, el nombre de la abuela materna de mi bisabuela era Arachne, y ella era una hábil tejedora hace muchos, muchos años. Todas las mujeres de mi familia toman nuestro nombre de ella o una variación de este. Ahora. Es mi turno. ¿Cuántos años tienes, Walter, si puedo preguntar?" La señorita Arancini me habló.

"Tengo quince años y terminé mis estudios con honores en matemáticas, por lo que recibí un merecido nombramiento como aprendiz de cajero en el Banco de Comercio de Sídney", exclamé.

"¿Qué tal si te confecciono un traje excepcional que te hará tener tanto éxito desde el primer día que cuando cumplas veinticuatro años serás el presidente del Banco de Comercio de Sídney? ¿Te gustaría eso?" Afirma la señorita Arancini.

"Hace que parezca que me está haciendo un traje mágico, señorita Arancini," dije, riéndome un poco.

"Eso haré precisamente, joven Walter. Entonces empecemos."

Durante la siguiente hora, la señorita Arancini me mide lo mejor posible. Tomando medidas desde el cuello, el pecho, el ancho de los hombros, la longitud del brazo, la circunferencia del bíceps, la circunferencia de las muñecas, la circunferencia del estómago, la longitud de la espalda, la cintura, la circunferencia de la cadera, la parte interna de la pierna, el muslo y luego la señorita Arancini me pidió que eligiera el ajuste que más me gustaría: comodidad, regular, delgado, no estaba seguro, entonces elijo comodidad a lo que ella responde: "Excelente elección, joven inteligente".

La señorita Arancini termina de tomar todas las medidas y me pide que me siente a su lado en su diván. Ella respira un poco y me dice: "Walter, el traje que te confeccionaré será del mejor material del mundo, pero lo que lo hace especial es cómo manejo el hilo mientras tejo la tela para hacer este traje. Será especial ya que el material es un modesto gris, como te dictaba tu madre, pero el color del traje cambiará cada semana desde el primer día que te lo pongas. No sólo cambiará de color, sino que crecerá a medida que tú crezcas, por lo que siempre te quedará bien. Este traje te hará lucir, sentir y tener éxito en tu carrera bancaria. Todo lo que tienes que hacer es ser imaginativo con las respuestas que la gente te pregunte por el traje porque pensarán que tienes muchos trajes. ¿Me entiendes?"

Simplemente asentí con la cabeza a la señorita Arancini mientras continuaba.

"El traje también cambiará de estilo porque el estilo del joven Walter cambia año tras año. Algunos años habrá solapas más pequeñas, líneas de cinturón más grandes, etc., pero siempre estarás a la moda y tendrás éxito. Esto es lo que quieres, ¿verdad, Walter?" pregunta ella.

"Sí, claro. Es lo que quiero; Muchas gracias, señorita Arancini." Yo respondo.

"Bien, esto seguirá siendo nuestro secreto para siempre". Dijo y se levantó justo cuando sonó el timbre a las 5 de la tarde, la hora ungida para que regresáramos a casa.

Han pasado ya nueve años desde aquel día. A veces paso por la casa de la señorita Arancini para ver si puedo verla de camino a una visita a una de las muchas sucursales de las que tengo responsabilidad.

Hasta el día de hoy, no he descubierto cómo supo que yo sería presidente del Banco de Comercio de Sídney.

Quizás nunca lo haga.

MI MAYOR SECRETO

La última persona que me hizo sonreír fue en el noticiero de las 10 de la noche, compartiendo con toda la comunidad uno de mis mayores sustos.

Allí en la pantalla pequeña, bueno, era una pantalla de 85 pulgadas, así que no tan pequeña. Estaba Sarah, mi hermana, siendo entrevistada por el presentador de noticias de la televisión local y ella explicaba cómo nos perdimos.

Perdidos, estábamos seguros.

Nos encontramos en un camino de tierra en medio de la nada, aparentemente desprovisto de toda vida. El GPS no funcionaba, el teléfono móvil no tenía ninguna barra pequeña y no se podía confiar en el antiguo directorio de ciudades de UBD de 1988. Bueno, al menos no en 2019.

Vimos un edificio extenso de un solo nivel al lado de una casa grande, lo que nos dio la esperanza de que al menos estaríamos en contacto con alguna civilización. Luego llegamos a la parte trasera de los edificios, y mientras el gran edificio de un solo nivel estaba en oscuridad, había una habitación iluminada en la casa, cuya luz emitía desde una ventana trasera inferior.

Paramos el coche y caminamos hasta la casa, que permanecía en silencio en la noche, sólo la pequeña luz brillaba a través de la ventana inferior. Un rayo de esperanza, pensé. Mientras avanzamos poco a poco hacia la casa, Sarah decide que ella será la que mire por la ventana, ya que es más alta que yo.

Ella se da vuelta, me agarra del brazo y grita; "¡Correr!".

Permítanme decir aquí que rara vez escucho a mi hermana mayor, pero esta vez mis pies respondieron más rápido que mi cabeza y corrí más rápido que Sarah, dejándola atrás. Corrimos y corrimos. Sarah se asustó muchísimo mientras yo corría como me dijeron que hiciera. Nos subimos al auto y una vez que arrancó, nos abrimos paso hacia un camino asfaltado que estaba en el frente del edificio y la casa.

Al girar a la izquierda en la carretera, veo un pequeño cartel intermitente que dice "Bates Motel".

Sarah está explicando todo esto al locutor de noticias de la televisión local, asegurándose de describir puntos específicos a la audiencia televisiva. Aspectos como que ella es más alta que yo; que corrí más rápido que ella; que yo parecía un poco más asustado que ella, (no es cierto). Todos estos temas llamaron la atención de la audiencia, asegurando que todos mis amigos supieran de mis "heroísmos" esa noche.

Mientras me siento en mi salón viendo las noticias y Sarah me menosprecia frente a toda nuestra comunidad, sonrío, sabiendo que ella se ensució las bragas esa noche mientras miraba por la ventana de la casa al lado del Motel Bates.

Nunca le contaré a mi hermana mayor.

Ese será mi mayor secreto.

BIBLIOTECA DE MI PUEBLO

Las nubes se vuelven grises y el cielo cambia a un extraño color verde. El aire es acre, como si estuviera lloviendo y luego azotara el tornado sin previo aviso.

Mi pueblo está en ruinas. Todos los edificios de Calle Main están en un desastre. Nada pudo detener el feroz viento que se llevó mi ciudad y, sin embargo...

Ahí está, la biblioteca ilesa, ni siquiera una ventana rota.

La biblioteca es un imán surrealista en un mar de devastación. El edificio beige permanece con las puertas cerradas como si nada hubiera pasado. Puedo ver que la biblioteca tiene luces encendidas por dentro, todas encendidas como si nada hubiera ocurrido. Puedo ver gente adentro. Todos vestidos con diferentes atuendos como si fueran de diferentes épocas y agitados como si intentaran comunicarse entre sí.

Revisando la puerta de entrada, la encuentro abierta, así que me aventuro a entrar, y para mi asombro veo frente a mí a Napoleón, con doce de su "Grande Armée", todos confundidos, hablando en voz alta a lo que tiene que ser un unicornio.

Veo a Abraham Lincoln hablando con Winston Churchill. A su izquierda, encuentro a Bugs Bunny masticando una zanahoria mientras conversa con Jessica Rabbit. Un vaquero sin nombre está cerca, haciendo girar su lazo.

El tornado debe haber provocado que los personajes del libro cobraran vida y los confinara en la biblioteca. Lo primero que pensé es que no podría liberar a estos desafortunados personajes al mundo moderno. Serían malinterpretados y llevados a laboratorios para experimentar y descubrir si existía otra dimensión. Debo hacer algo.

Si un tornado causó este evento, entonces un segundo tornado podría rectificarlo. Corrí a la sección de niños y encontré todas las estanterías vacías y todos los libros esparcidos por el lugar.

El único patrón que había observado era que, si un libro había sido arrojado del estante y caído abierto, el personaje principal de dicho libro había cobrado vida, pero si el libro caía al suelo sin abrir, entonces no había aparecido ningún personaje del libro.

Me alegré mucho de que "Jurassic Park" de Michael Crichton terminara cerrado.

Decidí también clausurar "El Mago de Oz" de L. Frank Baum. Encuentro la página donde el tornado se lleva a Dorothy y Toto, y la tiro al suelo. Un segundo tornado surge de las páginas, salgo corriendo de la biblioteca, paso junto a todos los personajes del libro sorprendidos y cierro la puerta detrás de mí.

Escucho un tremendo rugido proveniente del interior de la biblioteca y gritos, pero en cuestión de segundos todo queda en silencio.

Me reúno frente a la biblioteca mientras voy hacia la puerta principal, la abro y la biblioteca está toda organizada, limpia y lista para que sus usuarios disfruten nuevamente de las maravillas de la lectura.

TÚ TAMPOCO

Las rosas son rojas y las violetas son azules.

Este es mi primer intento de escribir un poema para ti.

Puede que no sea bonito.

Puede que no sea ingenioso

Puede que no tenga ningún sentido.

Puede que no soporte el paso del tiempo.

Pero recuerda, cariño.

Tú tampoco lo harás.

PASANDO LA PELOTA

"¿Quieres que haga qué?" Le grité al sargento Max Trevor IV.

"Necesito que te encargues de las dos últimas cigarras Buck-Day. Ellas son las dos últimas que existen, y necesitan ser protegidos."

"Sargento, estos son sólo insectos, ¿verdad? ¿Por qué necesitamos protegerlos? Si, como dijiste, son los dos últimos, ¿para qué molestarse?"

"Soldado, su trabajo es seguir órdenes, no interrogarme. Es imperativo que nos aseguremos de que estas dos últimas cigarras del Día del Dólar sobrevivan y repoblarán esta parte de Texas."

"Señor, sí señor", respondí en tono enérgico. "¿Tengo una pequeña pregunta, señor?"

"¿Qué pasa, soldado?" respondió el sargento.

"Si queremos asegurarnos de que repoblarán esta parte de Texas, ¿cómo sabemos que lo harán, señor?"

"¿Qué quieres decir, soldado?"

"Bueno señor, ¿estos dos han sido revisados?"

El sargento mira al soldado y le pregunta; "¿Qué quieres decir, soldado?"

"Bueno, señor, ¿alguien ha comprobado si tenemos aquí dos cigarras macho, dos cigarras hembra o una cigarra macho y una cigarra hembra?"

"Esa es una muy buena pregunta, soldado. Creo que llegarás lejos en el ejército. ¿Por qué no compruebas y ves cuáles son?"

"Sí, señor, ¿y cómo hago eso?" Pregunté perplejo.

"Pues muchacho, dales la vuelta y mira si hay algo debajo que te diga cuál es cuál. Debería ser bastante sencillo."

"Señor sargento, ¿no nos estamos volviendo un poco personales aquí?"

"Soldado, usted es miembro del ejército de los Estados Unidos de América, el ejército más grande y mejor entrenado del mundo. Debería poder realizar esta tarea sin lugar a duda. ¡No haga más preguntas, sigua órdenes y hágalo!" le grita el sargento al pobre soldado.

El soldado hace lo que le dicen, voltea las cigarras y mira en el fondo de ellas, e inmediatamente ambos empiezan a cantar.

"Sargento, señor, aquí tenemos dos cigarras macho. No pueden repoblar esta parte de Texas," proclamé en voz alta.

El sargento se toma unos minutos para considerar su situación y cómo resolverla y encuentra la solución.

"Soldado, tome las dos cigarras Buck-Day, colóquelas en una caja con orificios para el aire y envíelas a la Fuerza Aérea de los Estados Unidos. Ellos se encargarán del asunto ahora."

"Sí señor, pero ¿cómo resuelve esto la situación?" pregunté.

"No lo resuelve, soldado. Lo llamo pasar la pelota." Responde el sargento.

PLAN DE RETIRO

La mañana empezó como empiezan la mayoría de las mañanas en mi casa, en completa oscuridad. Los primeros rayos de sol no se colarán por las persianas durante otros cuarenta minutos, más o menos, y aún estoy despierto. Entonces, me doy cuenta de que no tengo que ir a trabajar hoy, ni mañana tampoco. Ahora estoy desempleado, y mientras me recuesto en la cama, me pregunto cómo será mi día hoy.

Nos sentimos poco valorados. Cada día, de lunes a viernes, nos sumergimos en la misma rutina. Estoy seguro de que muchos pueden identificarse con esto.

¿Quién no ha experimentado esa típica mañana, realizando los rituales matutinos habituales? Levantarse, ducharse, desayunar, bajar a la parada del autobús y esperar ansiosamente su llegada. Abordar el autobús, pagar el viaje con la tarjeta electrónica, y finalmente, llegar a la parada habitual para caminar los últimos veinte minutos hasta el imponente edificio que alberga nuestras oficinas en la Compañía de Seguros Unida Aliada, en el bullicioso distrito comercial central de Northport.

Durante treinta y siete años, desempeñé esa misma labor día tras día: revisar formularios de solicitantes que buscaban pólizas de seguro de vida para ellos mismos, sus cónyuges e hijos. Y aún hoy, me sorprende no comprender por qué algunos solicitantes designarían a sus perros como beneficiarios de sus pólizas de seguro de vida. Sin embargo, si se aprueba, eso es precisamente lo que la Compañía de Seguros Unida Aliada llevaría a cabo.

Un perro con mucha suerte, sin duda, pensé.

Como asegurador senior, verifiqué todos los aspectos del formulario de solicitud. Todos los datos fueron verificados una y otra vez. A partir de la información verificaría el nombre, fecha de nacimiento, sexo del solicitante, hasta todos los detalles relacionados con su salud, tanto mental como física. Una vez completada esta exhaustiva evaluación, aprobaba la suscripción de la póliza para la compañía, otorgándole así a la Compañía de Seguros Unida Aliada la responsabilidad de los reclamos que pudieran surgir en el futuro.

Hoy, sin embargo, fue diferente. Yo no estaba trabajando.

Ayer a las 4:45 p. m., llegué a la oficina del Sr. Wilfred Nichols, primer vicepresidente de suscripción, y me dijeron que Compañía de Seguros Unida Aliada ya no necesitaba mis servicios. El señor Wilfred Nichols me dice que debería regresar a mi escritorio, recoger todos los artículos personales y devolver todas las identificaciones al guardia de seguridad que está al lado del señor Nichols, quien luego me acompañaría fuera del edificio.

"¿Por qué razón me dejan ir?" pregunté.

"El proceso de suscripción se realizará ahora utilizando inteligencia artificial (IA), lo que acelerará el proceso incluso de manera más eficiente que cualquier ser humano", respondió el señor Nichols.

"¿Entonces, la suscripción se hará ahora mediante máquinas?" Bromeé.

"No sólo suscripción sino también reclamaciones. Agilizaremos todas nuestras solicitudes y reclamaciones y aumentaremos nuestro tiempo de respuesta, mejorando así nuestros servicios a un menor coste, lo que supondrá más beneficios para la empresa. Desde la solicitud hasta el procesamiento de los reclamos, el sistema de inteligencia artificial verificará todos los formularios una vez que los reciba. Se asegurará de que las reclamaciones estén completas y las procesará, ya sea aprobándolas, rechazándolas o efectuando los pagos correspondientes, sin contratiempos."

"¿Y traspasará estos ahorros a las pólizas del cliente?", pregunté.

"Eso ya no es asunto tuyo. Por favor, ve con el guardia de seguridad y recoge tus cosas", respondió el señor Nichols.

Así que aquí estoy, un hombre de cincuenta y siete años que no cumplió con su edad de jubilación por tres años debido a este despido prematuro y sin otra experiencia en el mundo de los negocios que no sea la suscripción de pólizas de seguros de vida.

Quizás sorprenda al lector que no esté preocupado en absoluto en estas circunstancias. Hace veinticuatro años, con la introducción de las computadoras, hubo un programa de despido masivo en Compañía de Seguros Unida Aliada que redujo el número de aseguradores de más de doscientos a los cuarenta y tres que están empleados ahora, por supuesto menos uno, yo. No sé si la empresa se quedaría con alguno de los cuarenta y dos restantes, pero ese no es mi problema.

Hace veinticuatro años, podía leer lo que estaba escrito en la pared y preparar un plan de contingencia si no llegaba a cumplir mi cuadragésimo aniversario de empleo en Compañía de Seguros Unida Aliada.

Mientras estoy acostado en mi cama mirando al techo, sonrío para mis adentros y pienso en lo preparado que estoy después de todos estos años de espera.

Soy una persona sincera y honesta, y si no me hubieran despedido, no habría ejecutado mi "plan de jubilación" de respaldo, pero el viejo Nichols no me dejó otra opción. Durante los últimos veinticuatro años, he estado creando pólizas de seguro de vida falsas para personas inexistentes en toda Australia. Estas pólizas tienen un valor monetario pequeño, algo que la mayoría de los procesadores de reclamos intentan aprobar rápidamente porque, si lo piensas bien, $50,000.00 no alcanzan mucho en estos días. Todos los procesadores de reclamos asalariados restantes están bajo presión, para hacer mucho y, por lo tanto, estos reclamos menores no reciben la atención que merecen.

Con esto en mente, estoy seguro de que los programadores del nuevo sistema colocarán algunos algoritmos en la IA para acelerar cualquier reclamo por una cantidad determinada de dólares, tal como lo hicieron sus predecesores humanos.

Veinticuatro años de crear individuos falsos con pagos anuales acreditados en el sistema contable, pero no se reciben fondos reales y cada póliza de seguro de vida varía desde $35,000 hasta el máximo de $65,000, todo pagado cada año tras año. Este patrón continúa año tras año, y cada año se crean cuatro pólizas o un total de noventa y seis pólizas por un valor total de $ 4,840,000, más o menos unos miles de dólares. Yo llamo a eso un excelente ahorro para la jubilación.

Así que esta mañana haré mi rutina habitual de ducharme y desayunar. Pero en lugar de ir a la parada de autobús, me siento frente a mi pequeña computadora portátil DELL y firmo noventa y seis certificados de defunción que tienen un parecido asombroso con los emitidos por el Registro de Nacimientos, Defunciones y Matrimonios de Nueva Gales del Sur y comienzo el proceso de reclamos.

La nueva Compañía de Seguros Unida Aliada confirmará que cada póliza esté actualizada y que todos los certificados de defunción acompañen al formulario de reclamo y ejecutará el pago al banco designado en el formulario de reclamo, en este caso, noventa y seis cuentas diferentes en múltiples instituciones bancarias en las Islas Caimán y Nives. Estos bancos tienen instrucciones de transferir los fondos recibidos el mismo día a una cuenta bancaria suiza codificada, quienes tienen instrucciones de enviar los fondos recibidos a un banco digital en Singapur, que convertirá dichos fondos en moneda Bitcoin, poniendo estos fondos a mi disposición en todo el mundo.

Terminé de escribir, preparé una maleta pequeña, me aseguré de que mi pasaporte estuviera en mi bolsillo y tomé un Uber hasta el Aeropuerto Internacional de Sídney y abordé un avión a la Ciudad de México con un traslado a la nación isleña de Saint Monique, donde un general se ofreció a facilitar la ciudadanía permanente a cambio de un pago generoso.

Después de todo, al final, la Compañía de Seguros Unida Aliada me proporcionó un plan de jubilación.

DÍAS DE ENSALADA

A lo largo de los años, tengo tantos nombres asociados conmigo, lo que hizo que mi la vida un infierno.

Vamos a ver; Los más memorables son "Chubby", "Fat Butt", "Porky" y mi favorito: "Gordo." Pero esos días ya pasaron porque hoy me embarqué en mi nueva misión de perder peso. Llame a mi misión: Días de ensalada.

Los días de ensalada son geniales. El objetivo es reducir mi peso siguiendo una rutina diaria de ensalada pura todos los días.

Eso significaba que para el desayuno me permitía disfrutar de una ensalada de frutas. El almuerzo consistiría en una ensalada mixta, mientras que para la cena brillaría con una ensalada de aguacate.

Los días pasaron, convirtiéndose en semanas y las semanas en meses, y cada día era un día de ensalada. Después de seis meses, me paré frente a mi báscula digital y heroicamente me enfrento a la báscula, sabiendo que he triunfado sobre mi problema de peso ya que sigo fielmente dicho régimen, día tras día tras día.

Me subo con cautela a la báscula, sin apenas mover un músculo porque no quería que ni un gramo de peso cayera contra mí durante este momento memorable de mi vida. Y los números digitales parpadean cuando me subo a la báscula.

Después de un minuto, las luces dejan de parpadear y miro el peso registrado; ¡Veo que subí 1 ½ kilos!

Hasta aquí los días de ensalada.

¡Adelante con los días del bistec!

ESCRITORES DE CIENCIA FICCIÓN DEL FUTURO

¿Alguna vez te has preguntado cómo obtienen sus ideas los escritores de ciencia ficción? Yo sí.

He investigué un poco y encontré la fuente de su inspiración. El viernes 30 de agosto de 1946 fue una fecha importante en la historia. Marte estaría cerca del 96% de su capacidad, orbitando alrededor del Sol a una distancia de 1,58 AU y a 2,28 AU de la Tierra. Esta alineación fue perfecta, ya que permite la primera de las que se convertirían en muchas convenciones de viajes en el tiempo.

Reunidos en el hogar generacional de los Barleys de Northport, Nueva Gales del Sur, se encontraban distinguidos escritores de ciencia ficción. Déjame nombrarte algunos, sólo sus apellidos, ya que estoy seguro de que dirías que son reconocibles.

Permítanme comenzar con Wells, Burroughs, Asimov, Bradbury, Clarke, Heinlein, Le Guin, Butler, Dick, Orwell y Vonnegut, por nombrar algunos de los cuarenta asistentes.

Mi bisabuelo, Bebington Bartley, construyó la finca para la casa familiar en 1830 y la finca ha pertenecido a la familia desde entonces. El abuelo era un hombre un poco excéntrico, siempre incursionando en experimentos científicos que a veces asustaban a sus vecinos, requiriendo una visita de la policía local para garantizar la seguridad de la comunidad. El abuelo siempre pensó que lo más estimulante que poseía la humanidad era el tiempo, por lo que se dedicó a aprender todo lo que pudo sobre el tema.

Desde sus estudios básicos de relojería, que implicaban la medición del tiempo y la fabricación de relojes, abarcó todo lo conocido en ese campo. Luego, una idea lo golpeó: la posibilidad de viajar en el tiempo. Se imaginó un simple reloj que contenía un mecanismo capaz de acelerar el tiempo a la velocidad de la luz, o cerca de 300.000 kilómetros por hora. El abuelo se emocionó tanto con esta idea que consideró llamar a los representantes de los periódicos del estado, como el Colonist, el Australasia Chronicle, el Australian Call, entre otros. Sin embargo, justo antes de enviarles un mensaje para que enviaran a sus reporteros a su casa, cambió de opinión.

No llamar a los periodistas fue una decisión brillante; El anuncio del viaje en el tiempo habría provocado un pánico masivo en 1835 y podría haber dañado el continuo espacio-tiempo. Entonces el abuelo pensó en la mejor manera de utilizar esta nueva habilidad; reuniría a muchos de los escritores de ciencia ficción más excelentes jamás nacidos, o por nacer, y los invitaría a una convención anual de viajes en el tiempo donde podrían intercambiar pensamientos, ideas y postulaciones sin que los insultaran.

La próxima reunión es hoy, jueves 30 de agosto de 2125, y mientras nos reunimos nuevamente para continuar con esta tradición, me pregunto cuántos posibles nuevos escritores de ciencia ficción podrían existir. Hay un grupo de escritura comunitario local de Northport que está fermentando escritores talentosos del futuro.

¿Quién sabe?

SEGUNDO VERSO, IGUAL AL PRIMERO

El amor puede romper fácilmente el corazón. Lo sé; me sucedió a mí. Cuando era muy joven, experimenté el amor de los cachorros y, a medida que fui creciendo, salí adelante.

Me enamore en la escuela secundaria y luego, cuando llego a esa temprana edad de veintitantos años, encuentro mi verdadero primer amor y luego lo perdí.

Éramos demasiado jóvenes para comprender la complejidad de las relaciones, de tratar con el sexo opuesto de manera significativa, por lo que nuestras señales fueron confusas y mal entendidas. Entonces, rompimos en septiembre pasado en lo que entonces era nuestro restaurante favorito, Luigi Pizzería, justo cuando la Liga Nacional de Fútbol Americano comenzaba su temporada. Una coincidencia, dirás, tal vez o tal vez no. No puedo decirlo con seguridad.

Sí, disfruto ver jugar a mi equipo favorito, pero mi corazón recuerda a Wilma. Entonces, la temporada de fútbol llegó y pasó, el Super Bowl se lleva a cabo en Tempe, Arizona, y lo veo solo por televisión. Para distraerme de esta sensación de malestar, decidí darme un pequeño gusto y programé una cena para el próximo jueves por la noche en Luigi Pizzería. Sé que ella no estará allí, pero necesito seguir adelante.

Luigi Pizzería estaba cerca, a diez minutos a pie desde mi apartamento, y a menudo pasaba por allí de camino a casa después de trabajar hasta tarde y sabía que el jueves por la noche era una noche tranquila, por lo que habría mucha soledad para mí. Pude disfrutar de las chuletas de ternera de Luigi con jamón serrano y salvia, ya que el chef de Luigi tenía una excelente habilidad con la ternera.

Cuando entro a Luigi Pizzería encuentro el lugar casi espartano lo cual fue bueno para mí y el maitre señala una mesa que estaba al lado de una mesa vacía a un lado y una segunda tiene un hombre sentado en ella, y cuando me senté, pude ver su cara y simplemente nos miramos. Dos almas solitarias, pensé.

El maitre me da el menú grande y lo levanto para inspeccionar las ofertas, pero sabía que las chuletas de ternera con prosciutto y salvia eran el camino para seguir. La ternera o saltimbanca del chef, que literalmente significa “salto en la boca", es uno de sus platos romanos más clásicos y lo hace a la perfección.

Las finas chuletas de ternera cubiertas con rodajas de prosciutto y hojas frescas de salvia, todo asegurado con un palillo y luego frito en mantequilla, con una rápida salsa roux hecha batiendo un poco de harina, vino blanco y una mezcla de jugo de limón y luego suavemente agregue la misma mantequilla. Con mi experiencia, sé que puedo disfrutar de este plato delicado en menos de veinte minutos. Para acompañarlo, prefiero un vino blanco de las regiones de Frascati o Colli Romaní, dependiendo del precio actual de la botella.

Después de darle mi orden al maitre, miro alrededor del restaurante y noto que una mujer se ha sentado a la mesa con el hombre que había visto antes. Ella estaba de espaldas a mí, pero podía escuchar sus suaves palabras mutuas de una discusión que se intercambiaba entre ellos como un juego de tenis con cada volea devuelta más cruel que la anterior.

Bueno, no era asunto mío, así que espero a que el camarero me traiga mi botella de vino, el San Marco Frascati Superiore, que había seleccionado. Elaborado con manzanas frescas Granny Smith y un sutil matiz de uva seguido de distintos tonos florales, el vino será ligero en el paladar con una sensación de textura encantadora y un equilibrio entre frutos rojos y una acidez fresca, una combinación perfecta para mi próximo festín.

Mientras esperaba que llegara la comida principal, la conversación de la pareja se iba volviendo más acalorada, aún en voz baja, pero se podía sentir que en cualquier momento iba a ocurrir una erupción.

Llega mi comida, y si tuviera una cuenta de Facebook, probablemente sería uno de los que pondrían una foto de la ternera en todo su esplendor con el glaseado encima y la salsa esperando a ser empapada con pan crujiente. No estoy seguro de por qué este manjar se llama saltimbanca, pero lo más probable es que sea porque es delicioso o tal vez porque es muy rápido de preparar, ¡quizás sea ambas cosas! Todo lo que sé es que me llevó veinte minutos hacerlo, pero en menos de diez minutos ya había terminado, y así lo parecía la pareja a mi lado.

La mujer se levanta rápidamente, agarra su vaso de agua y se lo salpica en la cara al hombre a lo que este se levanta, la mira con ojos que lanzaban puñales y tormentas fuera del restaurante dejando a la mujer, que se desploma en su silla, sollozando suavemente.

Pasan unos minutos, ella parece recomponerse y le hace una señal al camarero que llega con la factura en la que coloca un Alexander Hamilton y se levanta y se va.

Cuando llega a la puerta principal, recoge su chal del guardarropa; Se gira para colocarlo en su hombro y nuestras miradas se encuentran.

¡Wilma!

Ella se queda allí y continúa mirándome. Me siento en mi mesa y también tengo mis ojos centrados en ella. Parece una eternidad, pero me levanto y con la palma derecha abierta extendida, señalo la silla vacía en mi mesa y le hago un gesto a Wilma para que se siente a mi lado. Por qué hice esto, no lo sé. Sin embargo, me sentí bien mientras esperaba que ella reaccionara.

Después de un momento, Wilma se da vuelta, abre la puerta y sale del restaurante.

Bueno, tuve una comida espléndida.

¿Esperabas un final feliz?

HERMANA KATE

Mis años de escuela secundaria representaron la época más feliz de mi vida. Fueron años en los que el despertar a la edad adulta se manifestaba claramente, mientras la testosterona y el dolor corrían desenfrenados por mi cuerpo, a menudo explotando en los momentos más inoportunos.

A los dieciséis años tuve mi primer coche, lo que hoy llamaríamos un Chevrolet Nomad antiguo de 1957. Lo llamé mi Midnight Nomad; Esta camioneta clásica era lo más cercano a la perfección que se podía conseguir. Todo en esta obra maestra era nuevo, y toda la carpintería metálica y la cubierta del motor personalizada se hicieron con manos amorosas.

Los parachoques delantero y trasero estaban plegados y soldaban todo, a diferencia de los coches de plástico de hoy. Un interior íntegramente en cuero te hacía creer que estabas en un sofá mientras el motor de 357 caballos con manual "cuatro en el piso"

La transmisión te daba esa "frialdad" que se obtiene al conducir con "palanca". Le sacaron el motor a 405, dándole tanta potencia que nada más arrancar el vehículo suponía un litro menos en el depósito de combustible. Mi Midnight Nomad no tenía ninguno de los extras elegantes ni el peso extra que tienen los autos de hoy: ni asientos delanteros eléctricos, ni ventanas eléctricas, ni aire acondicionado, ni estéreo personalizado con reproductor MP3 o "Bluetooth". No hay estaciones de FM, solo estaciones AM estándar. Si conducías este coche, sabías que eras un hombre.

Tratando de demostrar lo hombre que era, me retaron a correr un par de "donas" en el campo de práctica de fútbol y, por supuesto, acepté el desafío. No sabía que era una trampa y después de hacer las "donas" un viernes por la tarde, me llamaron a la oficina del director el lunes por la mañana al llegar a la escuela.

Una vez más, como hombre, acepté la responsabilidad de mis acciones y el director quedó tan impresionado con mi coraje y honestidad que me impuso un mes de castigo después de la escuela en el salón de clases de la hermana Kate.

La hermana Kate era un desperdicio de feminidad.

Desde el primer día de mi detención, ella me pidió que me sentara en la recepción, justo frente a ella, así que sin importar lo que hiciera, siempre tenía su cara frente a mí, y qué cara era.

Siempre ves esas mujeres que no sólo tienen un rostro fascinante, sino un rostro hermoso. Bueno, la hermana Kate los venció a todos, sin problemas. Su rostro redondo rodeado por el tocado creaba un encuadre tan hermoso que estaba intoxicado por ella y todo lo que podía hacer era mirar y mirar su rostro y esos profundos ojos azules que tiene.

En un par de ocasiones, ella me atrapó y miré mi libro de escritura o un libro cualquiera solo para fingir que no había estado mirando, pero ella sabía que la estaba mirando.

Los días pasaron y se convirtieron en semanas y luego, durante la última semana de detención, durante uno de mis "momentos de mirada fija" mientras los describía, la hermana Kate me mira y dice: "¿Qué estás mirando y qué estás pensando?"

No sé qué me impulsó a responder. Debería haberme quedado callado porque ninguna acción virtuosa queda jamás impune, pero solté: "Mientras la observaba pensé, hermana Kate, ¿qué podría haber poseído a una mujer tan hermosa para convertirse en monja?"

Sin dudarlo, se levanta, me señala con el dedo y grita: "Joven, un mes más de detención y esta vez con el entrenador Murdock".

El mes siguiente no fue tan placentero ya que el entrenador Murdock entrenó fútbol, pero me siento justificado al pronunciar mi declaración a la hermana Kate ya que más tarde descubrí que al final del año escolar ella había dejado la orden religiosa y se había casado con nuestro director, el padre Martín. Entonces, mi testosterona no fue la única que estuvo desenfrenada ese año.

LOS DEFENSORES

El Cuarto del Vapor está en un callejón lateral detrás de la farmacia local en Calle Main Northport. No muestran su ubicación desde que los Defensores asumieron el gobierno en 2126 en una toma hostil del gobierno electo. Con la llegada de los Defensores, vinieron también una serie de nuevas directrices y regulaciones, que condujeron a la creación del Cuarto del Vapor y otros lugares similares.

El año 2126 comenzó como cualquier otro año, con la temporada navideña envolviendo a las comunidades en una atmósfera de tranquilidad. Sin embargo, durante este "período lento", los Defensores aprovecharon la oportunidad para tomar el control, movilizando a sus seguidores en todos los ámbitos de la sociedad. Para finales de enero de 2126, se hizo un llamado a todos los Defensores para que tomaran el control de todos los ayuntamientos, hospitales y edificios importantes y de todas las centrales eléctricas y recursos hídricos. En un abrir y cerrar de ojos, habían eliminado a las fuerzas democráticamente electas y se estableció una nueva era bajo el dominio de los Defensores.

Para el invierno de 2126, los Defensores habían apretado el cerco sobre todos los conocidos. Los propietarios de pubs, cafeterías y restaurantes se vieron afectados por las nuevas regulaciones. Los edificios de las Ligas de Servicios de Reserva quedaron fuera de servicio, al igual que los clubes privados de tenis, netball, golf y campo. Además, los clubes deportivos de rugby, fútbol, béisbol y sóftbol también se vieron afectados por las medidas de los Defensores.

Los Defensores persistieron en su vigilancia de las "sustancias controladas", enfocando su atención en ciertos importadores que consideraban responsables de traer dichas sustancias al país. Estos importadores fueron arrestados y trasladados a "centros de rehabilitación" para ser adoctrinados en la ideología del Defensor. Ningún sector de la sociedad escapó al escrutinio de los Defensores y a sus normas radicales. Sus regulaciones se extendieron a iglesias, mezquitas, sinagogas, templos, monasterios, conventos y cualquier otro lugar donde pudiera prepararse o consumirse una "sustancia controlada".

Un valiente ex empleado de Gloria Jean's Casa del Café llamado Walter Killebrew decidió en noviembre de 2126 que era necesario formar una resistencia y comenzarla en Cuarto del Vapor bajó la apariencia de una tintorería especializada en uniformes de Defensor.

Abrir la sala de vapor justo delante de las narices de los Defensores fue nada menos que brillante y valiente. Los Defensores pasaban todos los días, dejaban y recogían sus uniformes y nunca sospechaban que Cuarto del Vapor era la fachada de una cafetería ilegal.

Los Defensores pensaban que la cafeína había creado la mayoría de los problemas del mundo. Guerras, conflictos, peleas, ira; todo por el aumento de hiperactividad que crea la cafeína o que puede crear la falta de cafeína, como por ejemplo un estado de ánimo depresivo.

A Walter se le ocurrieron palabras clave para que sus clientes se identificaran y pudieran pasar por la puerta trasera de la tintorería. Walter adaptó términos de la década de 1920 para ayudar a sus clientes y evitar a los Defensores. Términos como cerdo ciego, nariz azul, ardiendo con una llama azul, barniz de ataúd, eran comunes. La frase "tocar los seises" se convirtió en sinónimo de excelente café, y Walter tenía muchas más que pronto se convirtieron en su lenguaje único en Northport, brindando a sus ciudadanos la oportunidad de tomar un trago de café, aunque ilegal, pero un café que despertó los recuerdos de muchos.

El reinado de terror del Defensor duró hasta 2194, cuando valientes Los descendientes que eran clientes del Cuarto del Vapor dijeron basta y el 1 de diciembre de ese año se produjo una contrarrevolución y la razón volvió a prevalecer sobre Australia.

En menos de una semana, los Defensores estaban fuera del poder y todos sus partidarios despojados de su autoridad. Australia ahora podría empezar a disfrutar de una taza de café o té sin miedo a los Defensores.

Entonces, mientras toma su próxima pausa para el té o el café, piense en Walter Killebrew y el bien que ha hecho por Australia en el año 2194.

La jerga:
Cerdo ciego: un bar clandestino u otro establecimiento donde se servía alcohol ilícito.

Bluenose: alguien mojigato, puritano o tenso. Ardiendo con una llama azul borracha

Barniz de ataúd – licor casero

Acierta los seises: para rendir a plena capacidad o lograrlo al cien por cien.

EL MARTILLO DE THOR

Mi primer viaje en tren fue a la tierna edad de catorce años cuando mi padre me arrastró pataleando y gritando en el viejo "Wolverine" de Chicago, Illinois a Pontiac, Michigan, para visitar a mis abuelos.

Acostado en mi banco, busco algo que hacer para aliviar el aburrimiento en mi cabeza, pero no había empacado nada que valiera la pena y que pudiera ser un remedio. Sentado a mi lado estaba mi padre, leyendo el periódico, y mi madre me acompañó en este glorioso viaje.

Salir de la estación Unión de Chicago fue un proceso lento, pero en menos de diez minutos estaba mirando por la ventana el árido lago Michigan; todo congelado, desprovisto de vida, esperando a que el deshielo temprano de la primavera vuelva a fluir. Mis pensamientos se dirigen a mi madre y me doy cuenta de que es una madre excepcional, que siempre está ahí para mí, pase lo que pase. Como cuando me metí en una pelea callejera con el matón local, Johnny Butler.

Todo empezó en una especie de momento inocente con un pequeño comentario mío, sólo tres preguntas menores seguidas:

"¿Qué pasa, hombre?" ¿Qué onda? ¿Qué es lo que está sucediendo?", pregunté.

Eso fue todo lo que pregunté y luego vino Johnny: "¿Qué dijiste?" Repetí mis tres preguntas por segunda vez.

Antes de que pueda reaccionar, Johnny se abalanza sobre mí como de costumbre, pero esta vez, como si la providencia misma estuviera de mi lado, logro hacer que tropiece y caiga al suelo.

Se abre mi oportunidad de volver a atacarlo, y estoy a horcajadas sobre él con mis rodillas sobre su pecho, sabiendo que ahora será la primera vez que ganaré una pelea con Johnny.

Mirando sus ojos asustados, levanto mi brazo derecho, formo el puño más duro con mi mano derecha como si sostuviera el martillo de Thor y mientras bajo mi puño, una mano aparece de la nada, agarra mi brazo y tira de mí del pecho de Johnny.

Mi madre había visto lo que estaba pasando y temiendo que yo, como siempre, quedara segundo en la pelea, me quitaba la victoria. Lo único que pude hacer fue llorar. No por miedo, sino por ira hacia mi madre por negar el único momento de mi vida en el que iba a salir victorioso al derrotar a Johnny Butler hasta convertirlo en pulpa.

Al recordar este episodio de mi vida, agradezco que ella estuviera allí, porque no sé hasta dónde habría llegado ese día al castigar a Johnny Butler. Podría haberlo lastimado gravemente ya que me habían infligido años de palizas y ahora era mi oportunidad de una dulce venganza, pero, por desgracia, no fue así.

Imagínese si Johnny hubiera respondido a mis tres preguntas con: "¡No mucho, hombre! "Estoy todo bien. Estoy muy aburrido."

EL ESCRITOR INCONSCIENTE

El más allá apesta si eres un fantasma. Si en el momento de tu muerte tienes algún asunto pendiente en la Tierra y no estás seguro de cuál es ese asunto, bueno, te conviertes en un fantasma. Esa perspectiva puede ser una propuesta miserable, así que decidí que necesitaba unirme al Club de Fantasmas Tristes (CFT). El CFT es un club para cualquier fantasma que alguna vez se haya sentido triste o perdido. Entonces me uní. En mi primera reunión, alguien me preguntó qué desayunaba, lo cual me pareció una pregunta desagradable para hacer tan temprano en la mañana, pero mencioné todos mis cereales favoritos que consumo a la hora del desayuno. Incluyen Booboo Pops, Copos de Luto y Encantos Malhumorados y muchos más. Pero mi favorito eses: Me mintieron que yo era Special K.

Muchos de los otros fantasmas también disfrutaron de estos mismos cereales para el desayuno y eso nos hizo hablar y la conversación resultó no ser muy interesante ya que la esencia de la vocalización de todos era quejarse, quejarse y, en general, hablar mal de todas las personas vivas alrededor a nosotros.

Los humanos modernos ya no temen a los fantasmas, no como en los viejos tiempos, la época victoriana. Esos eran los buenos viejos tiempos. Los escritores fantasmas sabían cómo escribir sobre nosotros y presentarnos bajo una luz decente a todos sus lectores.

Tomemos solo cuatro de ellos: "El ladrón de cadáveres" de Robert Louis Stevenson, "El fantasma de Centerville" de Oscar Wilde, "El hombre de señales" de Charles Dickens y mi favorito de todos: "Un relato de algunos" de Sheridan Le Fanu. Extraños disturbios en la calle Aungier. Ahora bien, estas historias asustarían a cualquiera, pero hoy, nada.

Estos son los días de películas como "Ghost" cuando un sexy Patrick Swayze interpreta a un fantasma. ¿Cómo puedo competir con eso?

Así que, por desgracia, no me queda nada más que hacer que renunciar "oficialmente" como un fantasma y salir a la luz, pero ahí radica el problema. No tengo luz para seguir. Nada, nada, cero. Entonces, ¿cuáles son mis alternativas para cruzar?

Pensé en contratar algunos médiums de hoy. Gente como John Edward, Tyler Henry o la mejor, Allison DuBois. Tal vez si "llamo" a su puerta, podrían guiarme al otro lado. ¿Qué tan difícil puede ser?

Bueno, probé con Edwards y Henry, y fracasaron. No hay suficiente dinero para ellos. Al principio, DuBois tenía la esperanza de ayudar, pero cuando se enteró de que no había sido víctima de un juego sucio, bueno, eso cortó mis posibilidades.

Mi inscripción en el SGC tendrá que continuar hasta el momento en que alguien en la Tierra pueda ayudarme a cruzar instruyéndome sobre cómo ir hacia la luz.

Entonces, si crees que puedes ayudarme, simplemente di mi nombre: ¡El Escritor Olvidado!

LA BANDA FUERA DE ESTE MUNDO

Durante los últimos seis meses, he trabajado duro en la organización, coordinación y puesta en marcha del Festival de Música de Invierno de Northport (FMIN) en el Recinto Ferial de Northport. Todo está en su lugar, con patrocinadores inscritos, se ha enviado una solicitud de artistas participantes y muchos talentos locales han respondido y han reservado. Algunos artistas internacionales prominentes también se han sumado, lo que le dio al FMIN una muy buena notoriedad a nivel mundial.

El festival ha atraído un popurrí de diferentes estilos musicales para complacer a todos los asistentes. Desde art-punk, coral clásico, hasta ácido techno y rock cristiano. He podido reunir muchos grupos para que el festival sea un éxito tremendo; y, sin embargo, siento que me quedo corto con el repertorio que ofrezco. Como si mi pedido de música se hubiera quedado corto; como si le faltara algo.

Llega el día del concierto y la venta de entradas fue tan buena que Northport Recinto Ferial está lleno de visitantes esperando que comience el espectáculo. Puedes sentir la electricidad en el aire en los rostros de los músicos detrás del escenario y en la multitud afuera. Molly Cauldron, la maestra de ceremonia se prepara para presentar el primer acto. Cuando Molly sube al escenario, la multitud se vuelve loca con anticipación de sus primeras palabras para animar a los fieles.

Molly anuncia el primer grupo; Las Serpientes Voladoras, que inician una melodía de afro-punk que hace que la multitud se mueva con los salvajes giros del cantante principal; Pedro Serpiente. Luego viene una interpretación de pop mexicano de Sarita y los Pimientos, que vuelve a poner a la multitud en un estado de ánimo de baile caliente y sudoroso.

El espectáculo continúa fluyendo con más actos de distintas variaciones; pop turco; neo-alma; reggae en español; death metal y demás. La multitud se divierte, pero siento una disminución de intensidad en ellos, como si se estuvieran aburriendo. No podía permitirme el lujo de fracasar en la ejecución del FMIN; mi reputación será demolida y estaría en quiebra.

A medida que avanzaba el tiempo, pude ver pequeños grupos de asistentes migrando lentamente hacia las puertas de salida mostrando una falta de interés en sus rostros. Lo han visto todo antes. Los mismos sonidos de doo-wop;

Bongó Flava; rock and roll; polca; Folk celta y sonidos de Manila. Estaba perdiendo a la multitud y mi futuro.

De repente, un estruendoso rugido resuena desde arriba, y lo que solo puedo describir como un "platillo volador" aparece en el horizonte y comienza a descender lentamente. La multitud retrocede para permitir que la nave espacial aterrice en el suelo. Se abre una compuerta en la nave y seis criaturas de aspecto extraño descienden, cada una portando lo que parecen ser instrumentos musicales alienígenas.

Suben al escenario y tocan la música más armoniosa que jamás hayas escuchado, y luego dejas de esperar a que te presenten.

Subo corriendo al escenario y le arrebato el micrófono a Molly; Grito: “Bienvenidos a FMIN”. La multitud enloquece y el Festival de Música de Invierno de Northport ahora no será mundialmente famoso sino universalmente famoso.

EL PASO DE VENUS

Remar y trabajar en una empresa familiar siempre es un desafío. ¿Cómo ha ocurrido? ¿Qué impulsó a sus antepasados a seguir esta línea de ¿trabajar? Mientras Joe Romano está terminando sus tareas de camarero en el restaurante, decide que era hora de hacerle esa pregunta a su padre. "Oye papá, ¿por qué el tatarabuelo decidió establecerse en Northport en la década de 1880?", pregunta el joven Joe, mientras se sienta junto a su padre en una de las sillas del comedor después de que el restaurante cierra por la noche. "¿Por qué vino a Australia?", pregunta con entusiasmo el joven Joe, ansioso para que su padre responda.

Dejando a un lado sus recibos de ventas de la noche y tomando un sorbo de su limoncillo Toschi, el padre de Joe decide que tal vez debería responder la pregunta con la historia que su propio abuelo le contó sobre la llegada del tatarabuelo de Joe a Australia y su establecimiento en Northport.

“Bueno, hijo, mi padre me contó esta historia cuando yo era mayor como tú, y no veo ninguna razón para no compartirla contigo. Todo comenzó en diciembre de 1882, cuando los dos contendientes para las elecciones de Nueva Gales del Sur para Northport NSW, el Sr. Thomas Gordon y el Sr. Arthur Wesley, caminaban por el edificio del CBC Bank, discutiendo con sus contemporáneos sobre las próximas elecciones y las posturas de cada uno de los candidatos", comienza el padre de Joe su relato.

El padre de Joe continúa la historia afirmando que su padre le contó que dos caballeros caminaban por Calle Argyle y se encontraron con más y más personas, un hombre muy joven se les acerca y les pregunta: “¿Apoyarían el telescopio que se está construyendo en Calle Hills? ¿Para ver el paso de Venus esta noche?”.

“¿De qué está hablando, señor?”, pregunta el señor Gordon.

"El paso de Venus tendrá lugar mañana a primera hora de la mañana, entre las 01:49 y las 06:26, lo que permitirá mejorar las mediciones y observaciones de su paso", explica entusiasmado el joven.

“¿Quién es usted, señor?”, pregunta el señor Webley.

"Scusami, mi nombre es Pietro Romano y estoy liderando una de las muchas expediciones enviadas para observar el tránsito desde lugares de todo el mundo y hemos seleccionado este hermoso lugar como uno de los muchos lugares para esta maravillosa vista."

"¿Cuántas expediciones se han organizado?" -preguntó el señor Webley.

"Bueno, Signori, hay cinco expediciones francesas oficiales. Han dispersado a uno a la isla Campbell de Nueva Zelanda, hay otra en la isla Saint-Paul en el Océano Índico, mientras que el tercero fue a Nouméa, en Nueva Caledonia, en el Pacífico. El cuarto grupo viaja a Nagasaki en Japón y el último a Pekín en China. Además, hay tres expediciones británicas oficiales que viajan al archipiélago de las Kerguelen, en el extremo sur del Océano Índico. Estacionaremos otro en Mauricio, mientras que el último está cerca de El Cairo, en Egipto", responde Pietro recuperando el aliento.

"Además, los estadounidenses participan en cuatro expediciones financiadas por el Congreso de los Estados Unidos. El primero va a Hobart, Tasmania, otro a Queenstown, Nueva Zelanda. El tercero se dirige a la isla Chatham en el Pacífico sur y el último a Vladivostok en Rusia. Me han encargado que me instale en esta preciosa zona del país", concluye Pietro sonriendo.

"¿Y quién va a pagar la instalación de este telescopio?" Pregunta el Sr. Webley.

“Me dijeron que el Ayuntamiento de Northport pagaría la instalación, ¿no te has enterado?”

Tanto Gordon como Webley se miran y, como por instinto político, rápidamente responden al mismo tiempo: "¡No, el Ayuntamiento de Northport no va a pagar!"

"Pero lo tengo aquí en papel", dice Pietro y muestra el documento a ambos caballeros. Inmediatamente, ambos ríen y se dan palmadas en la espalda. "¿Qué es tan gracioso Signori?", pregunta Pietro estupefacto.

El señor Gordon deja de reír, recupera el aliento y responde; “Bueno, parece que confundiste Northport NSW con Cowra NSW. Cowra está a unas sesenta horas de aquí y aquí es donde su carta le permite instalar su telescopio, no en Northport”, riendo de nuevo.

“Pero si no me preparo aquí para el pasar de Venus, lo perderé y el siguiente paso de Venus no estará disponible para ser visto nuevamente hasta dentro de ciento veintidós años a partir de hoy o en el año 2145. Estoy arruinado. Seré el hazmerreír de la Sociedad Italiana de Espectroscopía. ¿Qué debo hacer?”, pregunta el joven Pietro, desesperado.

"Bueno, siempre puedes quedarte en Northport y vivir aquí", responde el Sr. Webley.

Un sombrío Pietro pensó mucho y decidió que la humillación de regresar a Italia sería demasiado para soportar y en su lugar abrió el primer restaurante italiano en Northport con el nombre apropiado: "Il Passaggio di Venere".

El padre de Joe se detiene y deja que la historia se asimile y espera una respuesta. "Ah, claro. Por eso ahora estamos en el negocio de las franquicias de restaurantes, ¿verdad, papá?"

El padre de Joe mira al otro lado de la mesa, por encima del hombro de su hijo, y posa sus ojos en las fotografías secuenciales enmarcadas de Venus pasando por el sol y señala las fotografías. "Sí, hijo, es por eso por lo que Il Passaggio di Venere #1 es el restaurante más antiguo de Northport de toda esta cadena de restaurantes"

Joe se sienta y parece pensativo por unos momentos y luego se levanta y le cuenta a su padre; "Pensar que podría haber sido astrónomo en lugar de ayudante de camarero. ¡Así se hace, tatarabuelo!"

EL PODER DEL PERSPECTIVA

¡La noche de graduación finalmente ha llegado! Es la única noche del año que esperé con ansias después de trabajar tan duro durante todo el año. Pero esta noche es aún más especial, ya que también celebro mi decimoctavo cumpleaños. Y lo mejor de todo es que Bobby O'Shea, el capitán del equipo de fútbol, me sorprende al decir: "¡Vas conmigo al baile de graduación!"

Todo el sábado estuve hecha un desastre; nerviosa y ansiosa por mi hermano pequeño, que seguía entrando a hurtadillas en mi habitación y moviendo mi kit de maquillaje de un lado a otro de la habitación.

Mientras me siento a la mesa del comedor para almorzar, no puedo comer. Mi estómago está lleno de mariposas. Mi madre lo siente; ella sonríe, me mira y me dice: "Hija, todos hemos pasado por esto. Lo pasé con tu padre. Relájate. Es sólo un baile."

Pero no puedo relajarme.

Nadie en mi familia lo sabe. Mi madre, mi padre, mi hermano pequeño e incluso Bobby O'Shea no saben que tengo algo aún más importante que el baile de graduación esta noche. ¡Esta noche puedo probar mis superpoderes!

Mis padres pensaban que no podían concebir un hijo, así que hace dieciocho años me adoptaron del orfanato local y como ocurre en tantas ocasiones cuando una pareja no puede concebir, me adoptan, se relajan y ¡bam! Nueve años después, mi hermano pequeño aparece en la foto. No me preocupa amar a mi hermano pequeño a pesar de que durante los últimos dos años se ha convertido en una espina clavada en mi costado, pero todavía lo amo.

Mis pensamientos están sólo en Bobby.

¿Me invitó al baile de graduación porque le gusto? ¿Me invitó a salir porque me ama?

Oh, sé lo que siento por él, pero también soy cautelosa porque mi madre siempre decía que los hombres son raros. No están seguros de lo que quieren, pero puedo utilizar uno de mis superpoderes: la perspicacia de una mujer. La capacidad de ver a través de las partes turbias de un corazón joven y ver sus verdaderas intenciones y lo haré.

Llegamos al salón de baile y el baile ha comenzado. Veo que la multitud de corazones jóvenes se está reuniendo para esta velada perfecta. Bobby me suelta el brazo y choca los cinco con un par de compañeros del equipo de fútbol y allí se queda durante más de una hora mientras yo me siento sola, mirando y esperando.

No pasó mucho tiempo antes de que me diera cuenta de que debía tomar la iniciativa, así que me levanté de mi asiento, tomé la mano de Bobby y le pedí que saliéramos.

Bajo un cielo despejado, bañados por la luz de la luna plateada, me encuentro con Bobby, quien me mira fijamente a los ojos. "¡Te amo, Bobby O'Shea!", le confieso. Bobby se ríe, así que me aparto de él; le doy un golpe en la nariz, doy media vuelta y me alejo. Bueno, al menos pude hacer uso de otro de mis talentos.

EL COMPAÑERO DE VIDA ADECUADO EN TINDER

Siempre es un desafío encontrar al compañero de vida adecuado. Buscas señales claras que te den la seguridad de que ella es la indicada para ti. Yo mismo solía buscar esas señales en mi pareja ideal, y tenía una lista mental de verificación para asegurarme de que todas las T estuvieran cruzadas y todas las I punteadas.

Por supuesto, el amor influye en la selección de tu compañero de vida, pero todos debemos admitir que la atracción física es lo primero que sucede. Es la supervivencia de la especie lo que muchas veces une a un hombre y a una mujer. A veces funciona, a veces no.

En mi caso, debería haber visto las señales.

Mi encuentro con Matilda fue puramente accidental en la cafetería al lado del trabajo. Choqué con ella y derramé mi taza sobre su vestido. Me disculpé efusivamente y me ofrecí a pagarle la limpieza en seco y, por supuesto, intercambiamos nombres y números de teléfono.

Una cosa llevó a la otra, y pronto nuestras conversaciones se hicieron más frecuentes y nuestras "pausas para el café" coincidieron con el horario de cada uno, luego los almuerzos y luego las cenas, y luego comenzamos a compartir nuestros sentimientos íntimos y esperanzas.

Mis últimas relaciones fracasaron porque no fui honesto con la mujer con la que estaba saliendo, y prometo no cometer este error con Matilda, así que fui sincero y honesto desde el momento en que decidimos "llevarlo al siguiente nivel" de esta relación.

Le expliqué a Matilda que no intentaba sorprenderla, sino que disfrutaba del sadomasoquismo. Le pedí que trajera protección y dejé en claro que insistiría en que ella estuviera en control. Matilda simplemente asintió, sonrió y dijo que entendía, mostrándose abierta a todas esas condiciones. Estuvimos de acuerdo en que el próximo fin de semana sería el momento ideal para dar un paso adelante en nuestra relación, y acordamos encontrarnos en su casa.

El sábado por la noche estoy lleno de emoción, pensando que el momento más íntimo de la vida de una pareja sucederá esta noche. Llamo a la puerta de Matilda y ella me recibe, dejándome entrar a su apartamento.

Matilda me muestra la mesa de su comedor, toda preparada para la cena de esta noche; espaguetis y albóndigas, luego me muestra sus nuevas espinilleras y su máscara de soldador y, en el dormitorio, veo una litera.

Bueno, salí del apartamento de Matilda pensando cómo podía creer que el S&M eran espaguetis con albóndigas. La protección significaba las mentoneras y la máscara de soldador y estar encima significaba una litera.

Entonces recuerdo que Matilda era rubia.

Quizás pruebe Tinder la próxima vez. Quiero decir, ¿qué tan malo podría ser encontrar allí a mi compañera de vida?

EL DÍA MÁS CORTO

La noche ahora parecía borrosa, desvaneciéndose como una niebla, dejando detrás un tremendo dolor de cabeza, cortesía de mi consumo excesivo de alcohol.

Estaba celebrando mi reciente ascenso a vicepresidente de préstamos personales en International Commerce Bank. Tumbado en la cama, buscaba mi teléfono como si eso pudiera aliviar los golpes en mi cabeza, pero sabía que necesitaba verificar la hora. Hoy no era un día en el que quisiera llegar tarde a mi primera reunión en mi nuevo puesto.

Había trabajado arduamente para esta promoción, dedicando horas y haciéndome notar. Tal vez apuñalé a algunos colegas por la espalda en el camino, pero así es como funciona la vida, ¿verdad? Se paga un precio, y hoy estaba cosechando los frutos de mis acciones. Finalmente encontré el teléfono, miré la hora y me sorprendí al ver que ya era tarde: las cifras digitales en la pantalla marcaban las 3:30 p.m. ¿Cómo había sucedido esto?

Anoche en Mick's me reuní con algunos de mis colegas del trabajo para celebrar. Disfrutamos de una agradable cena y, como de costumbre, la noche continuó con algunas copas más mientras brindábamos y levantábamos nuestros vasos en un ritual de camaradería. En ningún momento me preocupé por beber demasiado; después de todo, sabía que podía manejar mis bebidas. Pero anoche algo fue diferente. Las bebidas seguían llegando, la comida era excepcional como siempre en Mick's, y mis colegas, bueno, son más que eso, son mis amigos, ¿verdad?

Mientras la nube se disipa en mi mente, recuerdo el último levantamiento de copas. Alguien sugiere que terminemos en mi casa la última ronda y alguien más se ofrece como voluntario para traer el licor adicional, entonces ¿por qué no puedo recordar nada más después de eso?

Lo único que se me ocurre es que alguien puso una droga en mi último trago. ¿Pero por qué? Me balanceo sobre la cama y el mundo gira a mi alrededor. Siento mis pies tocando la alfombra del dormitorio, pero no puedo sentir los dedos de los pies porque un entumecimiento total se ha apoderado de mis piernas. Me levanto y caigo en la cama, dolorido por el aturdimiento en mi cabeza. Otro intento tiene éxito y logro ponerme de pie, camino hacia el baño y me veo en el espejo y el reflejo que veo es un shock. ¡Alguien fue y me afeitó el pelo!

Bueno, no me afeité, pero realicé un afeitado quirúrgico aquí y allá, lo que lo convirtió en uno de los cortes de pelo más horribles de todos los tiempos y se supone que debo ir a mi primera reunión como vicepresidente de préstamos personales hoy a las 11 a. m. ¡Oh, no!

Vuelvo a mirar mi teléfono a las 3:53 p.m. Mi alarma no sonó; Mi secretaria no me llamó para ver por qué no estaba en mi reunión. ¿Qué sucede?

Mientras miro mi reflejo, veo que no hay nada más que pueda hacer excepto sacar la crema de afeitar, la cuchilla y afeitarme la cabeza. Nunca hago esto porque inflijo varios cortes aquí y allá; Veo las pequeñas manchas de sangre que quedan cuando la hoja se hunde demasiado. Termino y me meto en la ducha. El agua tibia se siente genial y mejora mi perspectiva. Al salir de la ducha, miro el reflejo del espejo y veo un nuevo yo: completamente desprovisto de vello facial y ahora calvo. Diferente, pero no tan mal, pensé. Mientras me apresuro a ponerme el traje, miro el teléfono y veo la hora: 420 p.m. Podría llegar a la oficina antes de las 5 de la tarde e intentar averiguar qué ha pasado. No tiene sentido llamar para saber quién me creería.

Alcanzando las llaves de mi auto, salgo y encuentro los neumáticos desinflados: los cuatro. Entonces, no cabe duda de que alguien no quiso que yo hiciera mi reunión y tomó todas las medidas. Llamo a un Uber y a las 5 de la tarde llego al edificio del Banco de Comercio Internacional y veo a la multitud de personas saliendo de las oficinas después de completar un día de trabajo, mientras que yo acababa de llegar. Al entrar a mi oficina, mirar el escritorio vacío de mi secretaria, me dejo caer en mi silla y sólo puedo preguntarme cómo este pudo haber sido no sólo el peor día de mi vida sino también el día más corto de mi vida.

LA AGENCIA PARA VIAJES EN EL TIEMPO

"Por favor, entre. Tome asiento. ¿Puedo conseguirte un Evian? "¿Estás cómodo?"

"¿Necesita algo más?"

"No".

"Bien, comencemos".

"Bienvenido y permítame presentarme y explicar cómo nuestra agencia atiende a sus clientes".

"Mi nombre es Serien Costa-Nichols y soy la única propietaria de la Agencia Northport para Viajes en el Tiempo o ANVT". "Permítame darle algunos antecedentes sobre la Agencia".

"'ANVT' es mucho más que una simple agencia de viajes; somos un operador turístico de servicio completo dedicado a satisfacer todas sus necesidades de viaje. Nos especializamos en organizar y garantizar experiencias únicas que se convertirán en recuerdos inolvidables a lo largo de su vida. Desde destinos menos conocidos hasta joyas ocultas que quizás no haya explorado en su historia personal, estamos aquí para hacer que cada viaje sea memorable. Nos enorgullece ofrecer un servicio al cliente excepcional que supera las expectativas de nuestros clientes".

"Nuestro objetivo principal es ayudarle a ver su pasado y cómo ha influido en su vida. Tomamos en consideración el impacto que nuestros tours tienen en su pasado; cronograma presente y futuro y lo ayudamos a cumplir con su experiencia de viaje general, protegiéndolo mientras viaja al pasado.

"Nuestra agencia es miembro de la Asociación Australiana del Espacio y el Tiempo (AAET) y también formo parte de las juntas directivas de nuestra oficina local de la Real Sociedad para la Prevención de la Crueldad contra los Animales (RSPCA) y de la cámara de comercio local en Northport, Nueva Gales del Sur".

"¿Preguntas hasta ahora?"

"Nada."

"Excelente, déjame continuar."

"Como saben, estamos en el hermoso Northport en Paragón Arcade, entre la tienda de delicatessen y la cristalería. Atiendo a una clientela adinerada que quiere vivir una experiencia de viaje única, pero eso ya lo sabes."

"Nuestros servicios permiten al cliente retroceder hasta 100 años, o menos si lo prefiere, hasta el punto de excursión a través del continuo tiempo-espacio hasta un lugar y momento de su elección para experimentar un evento familiar como, por ejemplo, el nacimiento de tu padre o tu madre, o un acontecimiento histórico, digamos el bombardeo de Darwin durante la Segunda Guerra Mundial.

"Tenemos una lista detallada de precios para nuestros servicios, sin embargo, prefiero abordar ese aspecto de manera más privada y personalizada. Como dice el refrán: 'Si tienes que preguntar el precio, es posible que no estés preparado para asumirlo'"

"La agencia de viajes ha sido parte de mi herencia desde que mi madre falleció. Ella la heredó de su madre, mi abuela, quien a su vez la recibió como parte de la herencia de su madre. Este legado se remonta a por lo menos cien generaciones, hasta la época de Cronos, el dios del Tiempo, quien otorgó este regalo a mi primer antepasado, Atanasia.

Veo que asientes con comprensión, y sí, supongo que pasaré esta responsabilidad a mi hijo mayor cuando llegue mi momento final en esta Tierra."

"Le haré saber que las referencias son nuestro modo de operación preferido. No tenemos ni permitimos visitas sin cita previa, ni publicitamos en Facebook, Instagram. Ni siquiera tenemos un sitio web."

"Una vez que el cliente referido se comunica con nosotros, debemos realizar un procedimiento de evaluación financiera exhaustiva para el pago, luego se programa una reunión para discutir los deseos y requisitos del cliente y el cliente firma un acuerdo de confidencialidad y responsabilidad".

"Piense en ello un poco como el actual club de los multimillonarios que van al espacio. Estás reservando con antelación, pero creo que tu aventura es mucho más emocionante.

"El proceso es bastante sencillo para el cliente, pero un poco más complicado para la agencia, de ahí nuestra lista de precios. El cliente decide la opción de viaje. Y aquí están nuestros destinos."

"Una vez que haya decidido su opción de viaje, debe decidir en qué día/fecha desea que se realice su excursión.

Ahora su siguiente paso es decidir el día/fecha/año en el que desea venir a nuestra oficina para la excursión."

"Nuestra oficina tiene un aspecto bastante común y cuenta con una zona de recepción, una sala de vestuario, una sala de documentación, una sala médica, un vestuario con baño y ducha propios y una sala de excursiones".

"Una vez que hayas hecho la selección final de la fecha/día/año que visitarás, comienza nuestro trabajo. En la sala de disfraces, el diseño de la vestimenta de la época se realiza para garantizar que usted se adapte a la época. Entonces entra en acción la sala de documentación con toda la documentación necesaria para la época y todos los dineros de la época."

"Además, te facilitaremos cartas de crédito, pasaportes, dinero en efectivo, monedas, DNI o cartas de presentación, todo lo que necesites para satisfacer cualquier curiosidad que te plantee un representante oficial de la época que estés visitando. Estamos orgullosos de estar preparados para todas las situaciones."

"La sala médica se explica por sí sola. No desea enviar a un cliente a una época en la que hay una enfermedad rampante sin la medicación adecuada. Entonces, tendremos para usted todas las inyecciones o cápsulas preventivas para asegurarnos de que le ayuden a resistir cualquier enfermedad de ese período.

"Una vez dentro del vestuario, te proporcionaremos la vestimenta correspondiente a la época del cliente. Si optas por un viaje prolongado, también recibirás una maleta con indumentaria de diferentes épocas que visites. En caso de que sea necesario, aplicaremos cualquier maquillaje requerido para la época. Sin embargo, si prefieres hacerlo tú mismo, tendrás la oportunidad de hacerlo cuando llegues a tu destino. Ahora estás preparado para dirigirte a la sala de excursiones."

"Al ingresar a la habitación, te encontrarás con un ambiente elegante decorado con numerosos jarrones de diversas flores aromáticas, incienso que perfuma el aire y música suave que evoca la época que has seleccionado para tu viaje de regreso en el tiempo. Además, verás la cabina de acrílico transparente donde entrarás para dar inicio a tu aventura personalizada".

"Aquí tienes este formulario, el cual llevarás contigo para asegurarte de estar plenamente consciente de todo lo que ocurrirá durante tu viaje".

"Por favor, tómate un momento para leerlos ahora".

LA AGENCIA NORTHPORT PARA VIAJES EN EL TIEMPO ÚLTIMAS INSTRUCCIONES

(a) El cliente deberá llevar puesta la pulsera de seguimiento en todo momento; de lo contrario, no podrá regresar a su línea de tiempo actual.

(b) La pulsera es más que una pulsera/rastreador; monitoreará las conversaciones y acciones para garantizar que el Cliente no interfiera ni influya en el familiar, amigo o figura histórica que el Cliente estará observando.

(c) Le recordamos al cliente que no cambie el evento histórico que está presenciando, ya que cualquier cambio puede afectar el regreso del Cliente a su línea de tiempo actual.

(d) Una vez que el Cliente ingresa a la cabina, se le proporciona una pequeña baliza para que la coloque en el mismo lugar de llegada para que el Cliente pueda encontrar el camino de regreso al lugar exacto para su recuperación.

(e) Le daremos al Cliente una última advertencia/recordatorio del acuerdo de confidencialidad y responsabilidad firmado por el Cliente, que establece que cualquier intento de influir en el pasado significará que AVNT borrará inmediatamente cualquier instancia que el Cliente pueda haber creado. Luego, el cliente será desterrado al período de tiempo que haya seleccionado para visitar; su baliza será retirada de servicio de forma remota y AVNT eliminará toda evidencia de la existencia del Cliente en su línea de tiempo actual.

(f) Cuando llegue el momento de que el Cliente regrese a su línea de tiempo actual, el Cliente debe presentarse en la misma parada donde dejó la baliza y debe presionar el símbolo en la pulsera, lo que le permitirá regresar a su línea de tiempo actual.

"Bueno, eso es todo. ¿Tiene preguntas?"

"No."

"Entonces, estamos listos para comenzar. Espero que haya sido sencillo de entender para usted. Ahora que le he explicado nuestros antecedentes, nuestros honorarios y las aventuras disponibles, ¿puede decirme cuándo está interesado en reservar una excursión?"

PALILLOS

La intimidad es un concepto intrigante; algunos individuos florecen en ella, mientras que otros parecen temerle, reacios a abrirse completamente a otra persona.

Me encuentro sentado en el taburete de mi bar local, dejando que la noción de intimidad se infiltre en mi mente. Es curioso cómo los seres humanos pueden experimentar extremos tan opuestos de este sentimiento. ¡Es sorprendente cómo unas simples copas pueden hacer que tus pensamientos se disparen!

En lo que a mí respecta, nunca he vacilado en compartir mis pensamientos y emociones más íntimos. Los he compartido con mis padres, hermanos, familiares, amigos y mi pareja, y me siento reconfortado por ello.

La última gota de mi bebida desaparece, así que dejo el vaso vacío en la barra y recojo dos palillos de dientes de un pequeño recipiente lleno de ellos, como un reflejo del vasto océano de la humanidad.

Mientras espero que llegue mi agradable goleta fría, hago girar los dos palillos alrededor de la barra y el banco frente a mí. Mientras giran, parecen dos bailarines, y cuanto más los hago girar, más parecen bailar y no cualquier baile, porque están bailando el más apasionado de los bailes, el tango.

El tango es un baile que tiene influencias de la cultura africana, nativa americana y europea. Bailes como las ceremonias de candombe de los antiguos pueblos esclavistas de Uruguay, que ayudaron a dar forma al tango moderno. Desde los barrios populares de Buenos Aires y Montevideo hasta el bar de mi pub local, mis dos palillos bailan este baile maravilloso.

Los pequeños palillos continúan girando y girando y mientras se cruzan, como las piernas de los verdaderos bailarines de tango, parecen fusionarse en uno, una sola mente, una sola alma.

Los dos palillos ahora tocaban la intimidad de este tango justo frente a mí y mientras visualizo este baile sensual, con dos palillos, mi mente se pregunta: ¿Qué evocará mi mente cuando llegue mi nueva goleta?

AMISTAD GENUINA

Fundada en 1873, la escuela secundaria para niñas Northport es la escuela para niñas más antigua de Nueva Gales del Sur. La escuela reúne a mujeres jóvenes de todas las áreas de Sídney en su redil. Los logros cubren áreas académicas, deportivas, culturales y creativas, muchas de ellas a nivel nacional o internacional. La escuela cuenta con excelentes recursos y hoy está a la vanguardia de iniciativas tecnológicas con un extenso sistema de red que brinda acceso a recursos electrónicos. La escuela pone un gran énfasis en garantizar un aprendizaje de calidad y brindar oportunidades a las niñas superdotadas. La cultura escolar es una de las altas expectativas, donde los estudiantes pueden tomar riesgos intelectuales con seguridad dentro de un ambiente de gran apoyo y atención.

Mi nombre es Denise y tuve la gran fortuna de formar parte de la promoción de 1968. En un cálido día de primavera de octubre de aquel año, treinta y una mujeres se graduaron; Todas teníamos esperanzas de una vida próspera y llena de logros. Mis amigas y yo no fuimos la excepción.

Durante esos años de crecimiento, tuve cuatro amigas que eran las más cercanas a mí; Alice, una joven brillante y alegre que amaba el inglés. Georgia, una niña pequeña, pero con una opinión firme, siempre se encontraba al frente de cualquier marcha de protesta que se cruzara en su camino mostrando su apoyo, pero aun así encontraba tiempo para su pasión por la música. Por otro lado, Phillipa provenía de una familia adinerada, pero nunca presumía de su riqueza. Siempre demostraba una amabilidad excepcional hacia sus compañeros de clase y sentía una pasión por su arte y pintura.

Luego estaba Marley.

Marley era única. Ella nunca abrió un libro. Marley nunca estudió para un examen. Nunca prestó atención en clase, pero cuando se le pedía, sabía la respuesta a la pregunta, sin importar en qué grado estuviera. Ciencias, inglés, matemáticas o idiomas, cuando un profesor llamaba a Marley, ella siempre sabía las respuestas. Todo el mundo la envidiaba por este éxito y su capacidad, y cuando le preguntaban cómo podía reconocer la respuesta, ella lo tomaba con calma y siempre decía: "Simplemente se me ocurrió".

Durante los siguientes cincuenta años, todos entramos y salimos de nuestras vidas, encontrándonos cuando necesitábamos un amigo que nos apoyara durante una enfermedad, el nacimiento de un hijo, un divorcio o una muerte en la familia. Rara vez estábamos las cinco juntas. Siempre éramos un par de nosotras entrelazadas en ese momento. Alguien se alejaba por problemas familiares o algo así, y otro miembro de nuestro pequeño consorcio aparecía y ocupaba su lugar. Marley nunca se conectó con nosotros desde la escuela secundaria, pero siempre recibimos una tarjeta de Navidad y una tarjeta de cumpleaños, como para decirnos que ella todavía está con nosotras. Pero nunca volvimos a estar las cinco juntas hasta esta noche.

Esta noche nos reuniremos en una gran sala de conferencias en el Sídney Hilton para nuestra reunión de clase de cincuenta años. Veinticinco miembros de la promoción han confirmado su asistencia, entre ellas Alice, Georgia, Phillipa, Marley y yo. Será la primera vez que estemos todas juntas después de cincuenta años de separación.

Preparamos el salón con tres grandes mesas circulares, cada una con capacidad para diez personas, lo cual funcionó muy bien ya que yo era parte del comité organizador. Me aseguré de que las cinco nos sentáramos juntas para poder recordar y compartir nuestras historias.

Las festividades comenzaron a las 6 de la tarde y fue muy agradable ver a tantas chicas de la escuela secundaria, incluso a aquellas con las que yo no había estado cerca. Con algunas compartí clases, o formamos parte del equipo de gimnasia y los recuerdos son los que son; Nos olvidamos de los momentos terribles y nos concentramos en los buenos, así que todas se lo estaban pasando genial.

Mis cuatro camaradas lucían fantásticas.

Alice ahora está un poco más gordita, bueno, tuvo cuatro hermosos hijos y ahora seis nietos, así que el tiempo pasa factura. Georgia todavía parecía la revolucionaria que había sido en la escuela secundaria. Sin embargo, como nunca se casó, escuchamos que tuvo muchos amantes a lo largo de los años; ella era la misma. Phillipa era una diosa entre nosotros. Estaba hermosa con su vestido largo, brillando con tantos diamantes, aretes, collares, pulseras, anillos que uno pensaría que a las minas de Sudáfrica ya no les quedan diamantes. Me veo bien o eso pensé. Mi vida me había dado un marido, dos hijos, el divorcio del bastardo después de que tuvo una aventura con su secretaria, y ese divorcio me había hecho perder tanto peso que parecía como si tuviera anorexia nerviosa. En el lado positivo, una vez que supero la depresión, logro recuperar algo de peso, aunque no lo suficiente como para que mis 68 kilos resulten lo bastante llamativos como para atraer las miradas de los hombres al pasar

Luego estaba Marley.

Era como si el tiempo no hubiera pasado. Marley lucía igual y, sin embargo, tan diferente con un traje pantalón, similar al que a menudo veía usar a mujeres influyentes como directoras ejecutivas de empresas. Todas ellas inteligentes, brillantes, y listas para conquistar el mundo. Ella parecía perfectamente adecuada para ese rol.

Compartimos más bebidas a medida que avanzaba la noche y luego nuestras conversaciones giraron hacia aspectos más íntimos de nuestras vidas.

"Bueno, Georgia, ¿hay más marchas de protesta a las que unirnos, peticiones que firmar?" pregunta Alicia.

La risa de Georgia dice: "No, Alice, ya estoy un poco mayor para las marchas, pero me encantan esas peticiones en línea en Facebook". ¿Y tú? ¿Tienes más nietos en el futuro?" reflexiona Georgia.

"Dios mío, no. Ya no puedo cuidar niños. Bob y yo simplemente estamos planeando vacaciones tras vacaciones para evitar tener que cuidar más niños". Dice Alicia.

"Por cierto, Phillipa, estás hermosa como siempre ¿Qué has estado haciendo?" Pregunta Alicia.

"He estado tan ocupada en tantos eventos de caridad desde que Paul falleció, y sin hijos ni nietos, eso es todo en lo que me he concentrado para mantenerme ocupada. Odio quedarme demasiado tiempo en esa casa grande," comenta Phillipa.

Phillipa se vuelve hacia mí para preguntarme algo, pero mira a Marley y dice: "Hemos oído muy poco de ti a lo largo de los años, aparte de las tarjetas de Navidad y de cumpleaños. Siempre pensé que te enojaste con nosotras por alguna razón desconocida y no querías tener nada que ver con nosotras. Al menos intentamos ponernos al día, pero tú nunca lo hiciste. ¿Por qué Marley?"

Marley deja a un lado su Martini; se toma un momento para ordenar sus pensamientos y de repente dice: "Mañana, en tu cita con el especialista, Phillipa, te dirán que tienes cáncer en etapa III, lo que significa que tu cáncer es más avanzado y ha invadido los tejidos circundantes o ganglios linfáticos. No aceptará que tu médico le diga que esté equivocado. Te recetarán varios medicamentos que te debilitarán y enfermarán. Los comprarás, pero no los tomarás, y en poco más de un año entrarás en la etapa IV y luego, un poco más tarde, fallecerás en tu enorme mansión, completamente sola excepto por tu doncella y tu mayordomo." Afirma Marley mientras lleva el Martini a sus labios y da un sorbo.

Silencio en la mesa mientras todos digerimos lo que dijo Marley.

"¿Qué demonios, Marley? Es terrible decirle eso a Phillipa. ¿Quién te da el derecho de contar mentiras tan espantosas?" Le grito a Marley, mientras los demás expresan sentimientos similares. Marley permanece sentada, bebiendo su Martini.

Entonces Phillipa habla: "¿Cómo puedes saber que mañana voy al especialista para obtener los resultados de varias pruebas que me ha realizado? ¿Como podrías saber? No le he contado a nadie mis enfermedades," dice Phillipa.

Marley continúa: "Mañana Alice, después de treinta y un años de matrimonio, Bob te llevará a tu restaurante favorito y te dirá que te deja y que ya no te ama".

Luego, mirando a Georgia, Marley continúa: "Georgia, su página de Facebook sobre el maltrato de ovejas que exportan a Oriente Medio será eliminada de Facebook debido a las presiones de los intereses y las industrias locales de Oriente Medio. Además, representantes del departamento de impuestos de Australia se presentarán en su casa con una orden judicial para registrar sus instalaciones en busca de donaciones ilegales que hayan pagado todos los anuncios que ha colocado en Facebook y otras publicaciones periódicas en todo el país".

Marley se vuelve hacia mí y me dice: "Y tú, Denise, mi mejor amiga. Mientras caminas hacia la oficina después de bajarte del tren en la Estación Central te toparás con George Franklin, un hombre al que nunca has conocido en tu vida, pero sin ninguna razón el saca una pistola y te dispara cuatro tiros a quemarropa, matándote.

Todos nos sentamos mirando a Marley, bebemos su Martini antes de que ella se detenga y hable: "Ya ven, queridos amigos; Durante todos estos años, uno se pregunta por qué siempre estaba listo para recibir respuestas en la escuela, sin importar la materia. Ahora que han pasado cincuenta años, me ves como una mujer exitosa, y lo soy, más exitosa de lo que puedas imaginar. He hecho todo esto sólo por una pequeña razón. Una razón que ahora compartiré contigo"

Marley continúa: "Mi madre compartió conmigo su secreto y perdió su habilidad, y eso se convirtió en mi secreto. Desde los diez años he podido prever el futuro. No muy lejano en el futuro, sólo veinticuatro horas. Así conocía de antemano las preguntas de los exámenes y tenía las respuestas preparadas. Así fue como supe que el maestro me iba a llamar a una clase y estaba lista con mi respuesta. Por eso hoy soy una de las mujeres más ricas del mundo con intereses financieros en todo el mundo y por eso estoy aquí esta noche para nuestra reunión de cincuenta años de la escuela secundaria. Estos años me he mantenido alejada de vosotras porque sabía que, si me acercaba a alguna de vosotras, podría ver cuál sería su futuro en las próximas veinticuatro horas. No podía soportar la idea de que algo le fuera a pasar a ustedes, a su relación o a su familia."

Por supuesto, aquí tienes una versión revisada del fragmento:

Marley continuó con voz apesadumbrada: "No me atrevía a guardármelo para mí mismo, pero al mismo tiempo temía las consecuencias de compartirlo. Sabía que todo cambiaría. Vuestras vidas, la mía... Cuando os revelé este don, esta maldición, me mantuve apartado para protegeros. He sido testigo del futuro, del mañana de cada uno de vosotros, y ya no podía soportarlo más. Por eso decidí contaros lo que sé, para advertiros, para salvaros de lo que está por venir. Consciente de que, al compartir esta información, mi habilidad se desvanecerá. Ya no podré vislumbrar el futuro, ni siquiera un minuto más adelante. Pero estas terribles cosas os sucederán a vosotros, y sentí la necesidad de decíroslo. Lo siento mucho."

Marley se puso en pie, pero Phillipa le sujetó el brazo y le dijo: "Por favor, siéntate, Marley. Quédate un rato más con nosotros".

Marley se sentó con algunas lágrimas en los ojos y dijo: "Lamento mucho haberme mantenido alejada todos estos años". No podía soportar perder a ninguna de ustedes cuando estábamos en la escuela secundaria. Me mantuve en contacto en mi camino. Me entrometí desde lejos en vuestras vidas. Hice que los detectives me trajeran fotografías de cada uno de ustedes en diferentes etapas de sus vidas. Me sentí como una acosadora, pero necesitaba tenerles en mi vida sin el temor de que mi habilidad me dijera algo malo sobre su futuro, en mi egoísmo, no lo haría, y te perdería, o alguien me perdería. Perder a alguien de su familia. Soy muy egoísta al hacer lo que hice. Lamento mucho lo que he hecho," dijo Marley desplomándose en la silla sollozando.

Todos nos levantamos y rodeamos a Marley y esperamos a que dejara de llorar. Algunas miradas desde las otras mesas y algunas de las otras chicas intentaron acercarse para ver qué estaba pasando, pero las detuvimos.

Pasaron unos minutos y Alice dijo: “Está bien, sabemos lo que dijo Marley, todo tiene sentido ahora, entonces, ¿cómo vamos a cambiar nuestro futuro, lo que va a suceder mañana?”

"Bueno, por mi parte, voy a ir a casa a empacar, destruir todos los archivos y discos duros que tengo en casa y estaré en el próximo avión por la mañana a Armenia, tengo parientes allí y debería estar bien," dice Georgia.

"Después de que terminemos este evento esta noche, me iré a casa con Bob y tendremos la primera de muchas conversaciones profundas uno a uno. No voy a perder al hombre que amo sin luchar. Puede que él no me ame, pero yo tengo suficiente amor por nosotros dos. He invertido mucho en este matrimonio y no lo perderé", se abalanza Alice.

Phillipa mira a Marley y declara: "Mañana, cuando el médico me diga mi condición, me explique los medicamentos y los procedimientos que estoy a punto de someterme, los seguiré al pie de la letra. También quiero asegurarme de que todos ustedes estén bien atendidos en caso de que algo salga mal y yo muera. Haré que mis abogados redacten un nuevo testamento, dejándoles a todos mi riqueza, pero lo más importante es que me aseguraré de saber dónde está cada uno de ustedes todos los días de mi vida. No moriré en mi casa grande con sólo mi doncella y mi mayordomo a mi lado."

Era mi turno y me alegré mucho de tener la solución más sencilla de todas. Le dije: "Mañana no iré a trabajar. Llamaré a un enfermo para que no haya viajes en tren, ni la Estación Central, ni chocar con George Franklin, ¡y, por lo tanto, no morir!" Yo dije.

Era el turno de Marley, y la vimos hablar un poco diferente que nunca y dijo: "Por primera vez en más de medio siglo, no sé lo que nos deparará el mañana. Estoy aliviado. ¿Qué hora es?" dijo Marley.

Eran unos minutos después de la medianoche y mañana ya estaba aquí, y todos teníamos algo importante que hacer.

Es raro que alguien tenga tiempo para cambiar su futuro y que un amigo esté ahí para ayudarlo, pero nosotros lo hicimos. Nos ayudamos una vez más, como siempre lo hemos hecho en la escuela secundaria. Esa es una amistad genuina.

HOMBRES LOBO DEL VALLE FELIZ

Sus manos estaban de color gris pálido, como si la circulación se hubiera detenido hace mucho tiempo, y el anillo en el dedo de la mano derecha parecía brillar con una chispa de fuego interior. Despojando pequeños trozos de carne, la mano izquierda lleva los trozos de carne a una boca grande y llena, con los dientes más afilados y crueles de una bestia. Ralentizando su masticación, la criatura bosteza y se tumba en el suelo. Dormir es lo que necesita.

"¡Despierta, Billy, despierta!" dice Amelia, su hermana pequeña.

Billy abre los ojos y ve a su hermana pequeña parada junto a él, luciendo conmocionada y asustada. Siente frío y nota que no tiene ropa y se da cuenta de que debe haberse transformado. Maldita sea, piensa Billy, odio que Amelia me encuentre en este estado.

"Está bien Amelia. Estoy bien. Un poco cansado y con frío, por favor pásame mi ropa," dice Billy.

Amelia mira a su alrededor y encuentra un montón de ropa colocada al lado de un viejo tocón de árbol, la recoge y se la entrega a Billy y se da vuelta para no ver su desnudez. Billy se pone la ropa y, con la mano derecha, se peina lo mejor posible.

"Vamos, Amelia, caminemos a casa. Ya casi es hora de desayunar," afirma Billy.

Amelia había encontrado a Billy cerca del borde del río Nepean en la Reserva Rotary en Northport, Nueva Gales del Sur. Esta zona es una mezcla de diferentes ambientes. Hay un campo de béisbol, una pista para correr y muchas áreas pintorescas de matorrales donde diferentes especies de aves y animales tienen su hábitat. La reserva es un área donde hay mucha actividad durante el día, pero está vacía por la noche. ¡Esta es la razón por la que Billy viene aquí por la noche para transformarse, cazar, matar!

"Oh Billy, ¿por qué no le cuentas a mamá lo que está pasando?" exclama Amelia.

"Amelia, mamá no lo entendería. Ni siquiera sabía que nuestro padre podía transformarse. ¿Cómo esperas que ella entienda que sólo los descendientes masculinos de Licaón tienen esta maldición de transformación?" Billy responde.

Su padre, que en paz descanse, le explicó todo cuando tenía doce años. Billy, al igual que su padre y su abuelo, eran descendientes de Licaón, quien había enojado al dios Zeus cuando Licaón le sirvió una comida hecha con los restos de un niño sacrificado. Como castigo, el enfurecido Zeus convirtió a Licaón y a sus hijos en lobos y así comenzó la maldición, hace siglos.

La noche de la primera luna llena después del dieciocho cumpleaños de Billy, Billy tuvo su primera transformación. Billy estaba preparado. Su padre le había explicado lo que tenía que hacer para la primera transformación y los cambios posteriores hasta su último día en la Tierra. El conocimiento de lo que iba a suceder no mejoró las cosas para Billy. Temía aquello en lo que se estaba transformando y el impulso que lo llevaba a cazar, y matar. Amelia tenía diez años cuando Billy pasó por su primera transformación y no podría tener una hermana mejor. Ella lo encontró cerca del primer lugar donde tuvo su transformación según lo acordado y se aseguró de que llegara a casa. Ahora, Amelia, de catorce años, tenía un hermano de veintitantos años y si la gente descubría que era un hombre lobo, lo capturarían, lo pincharían, lo pincharían y experimentarían con él para encontrar la fuente de este poder, pero ella sabía que no había ningún poder, solo una maldición.

Mientras Billy y Amelia caminan por Argyle Street en dirección a Lanada Avenue hacia la seguridad de su casa, ven carteles en algunos árboles y postes pidiendo información sobre la reciente matanza de ornitorrincos, urracas, chorlitos e incluso algunas serpientes, todos encontrados. despedazado como si lo hubiera comido un animal feroz. Billy y Amelia no se detuvieron a mirar los carteles; sabían y no les gustaba la idea de ver las fotos o la información en los folletos publicados.

Mientras se acercan a su casa, Amelia pregunta; "Billy, ¿alguna vez terminará esta maldición?"

"No, sólo se detendrá cuando yo muera, y me aseguraré de que la maldición termine conmigo, porque intentaré nunca casarme ni tener un hijo varón porque si lo hago, la maldición continuará", responde Billy.

"Entonces tampoco me casaré y la maldición terminará conmigo también". Dice Amelia.

Una gran sonrisa aparece en el rostro de Billy; "Amelia, sólo los descendientes machos de Licaón están malditos, no las hembras. Tendrás una vida maravillosa llena de amor, hijos y familia, de esto estoy seguro."

Cuando Amelia abre la puerta principal de su casa, la puerta principal se abre y sale su madre: "¿Dónde han estado ustedes dos tan temprano en la mañana?" Pregunta su madre.

"Billy y yo salimos a caminar temprano por Northport para disfrutar de esos sonidos matutinos antes de que el rugido de los autos se apoderara de la mañana. Siempre es tan hermoso y tranquilo alrededor de la reserva y durante nuestro camino de regreso," finalizó Amelia.

"Ustedes dos se parecen mucho a su padre. Siempre solía hacer lo mismo todos los meses como un reloj. Que en paz descanse. Dijo la madre.

Ahora vayan a refrescarse y prepárense para el desayuno antes de que ambos lleguen a la escuela y al trabajo. Finalizó la madre.

Billy y Amelia se miran, sonríen y suben las escaleras para refrescarse para el desayuno y prepararse para su día respectivo. Escuchan a su madre encender la radio en la vieja estación de Northport y suena la canción de Warren Zevon.

¡Aa-hooo! ¡Hombres lobo de Londres!
¡Aa-hooo!

¡Aa-hooo! ¡Hombres lobo de Londres!
¡Aa-hooo!

Estoy seguro de que podrías cantar esa canción aquí en Northport, de todos modos, pensó Billy, pero quién lo creería.

¿Y SI DIJE QUE SÍ?

Tal vez nunca más tuviera la oportunidad de estar a solas con él. Su marido estaba al otro lado del país; él nunca lo descubriría, así que ¿por qué no? han pasado dieciséis años desde la última vez que lo vio. Fue en la graduación de la escuela secundaria y ella lo recuerda como si fuera ayer.

A sus padres nunca les agradó y ella no entendía por qué. Él siempre fue cortés con ella, siempre estaba dispuesto a ayudarla con cualquier tarea e incluso se ofrece como voluntario en la iglesia todos los veranos haciendo trabajos ocasionales.

Aun así, nada de lo que él hizo fue aceptable para sus padres.

Si lo conoces por primera vez, lo encontrarás sencillo, incluso común. No era un joven alto, de tamaño medio, pelo negro y espeso y llevaba las gafas más feas que jamás hubieras visto. Hacía que su rostro pareciera uno de esos faros de los años 20, pero su sonrisa. Eso te atrapó.

Su sonrisa siempre estuvo presente. Parece que él nunca tuvo un mal día y siempre se aseguró de que tú también tuvieras un gran día. Tenía los dientes torcidos y sus padres no podían permitirse una costosa ortodoncia, pero a ella no le importaba. Lo único que vio fueron esas dos pequeñas motas de ojos detrás de las gafas que brillan como perlas grises en el fondo del océano.

Ahora, dieciséis años después, él entra en su vida y ella se siente obligada a dejar toda inhibición por la puerta y comenzar un momento de afecto ilícito con un hombre al que no ha visto en muchos años.

Sabe que tal vez no vuelva a tener esa oportunidad y su ventana de oportunidad está abierta por solo unos días, por lo que decidió que es ahora o nunca, por un centavo, por una libra. Ella se levanta y camina hacia la mesa donde él está sentado, acerca una silla, se sienta y simplemente lo mira a los ojos.

"No lleva esas horribles gafas", se preguntó ella. ¿Acaso fueron tan terribles durante la secundaria? Aun así, él irradia el mismo encanto interesante que ella recordaba. Cuando él comienza a hablar, ella lo reconoce, pero decide tomar la iniciativa. Levanta la mano y le hace una propuesta, una idea que nunca hubiera imaginado si él no hubiera entrado en ese bar.

Él la escucha mientras le explica lo que ha querido durante tantos años. Qué sueños tuvo. Qué pensamientos habían estado en su corazón todos estos años. Él escucha y no habla, pero le ofrece esa sonrisa que le asegura que está disfrutando todo lo que ella le dice.

Ella termina y simplemente lo mira fijamente, esperando que su propuesta no lo desanime. Él la mira con esos ojos grises suyos, sonríe y dice: "Puede que su marido no lo sepa, pero yo lo sabría" y se levanta de la mesa y la deja preguntándose: "¿y si hubiera dicho que sí?"

¿QUÉ ESTABA ESCRITO EN EL LETRERO EN EL PARQUE DE LOS OSOS?

En el momento en que dejé mi auto y me adentré en el frondoso bosque, supe que había pasado por alto la advertencia sobre los osos. Al inicio del viaje, mientras avanzaba más entre los árboles, luché por recordar los detalles del cartel que mencionaba los peligros de los osos pardos.

Mi memoria es aguda y recuerdo que había al menos nueve viñetas en el letrero, lo que hacía que fuera más fácil de recordar. Si recuerdo algunos puntos tratados:

Primero, pistas nuevas. A menudo es mejor ver las huellas del oso que ver al oso real. Si puede saber la dirección en la que viaja el oso, es prudente cambiar su rumbo. Los osos viajarán por los mismos caminos que utilizan las personas u otros animales grandes. ¡Comprobado!

En segundo lugar, caga. Las heces de oso se verán diferentes según la dieta del oso. Un examen minucioso de las heces de los osos a veces puede darte una señal de lo que los osos han estado comiendo durante un año. Si el excremento contiene restos de basura humana, entonces hay un oso apto para comida humana en el área. Revisé mi mochila, brújula, fósforos, poncho y solo agua, bueno.

En tercer lugar, cadáveres de animales. Este lo recuerdo mucho porque decía en negrita.

SI SE ENCUENTRA CON UN CADÁVER, ABANDONE EL ÁREA INMEDIATAMENTE.

Cuarto, troncos y tocones rotos. Los osos buscan insectos en troncos muertos y árboles podridos. Entiendo. Evite esto también.

Quinto, evidencia de cualquier excavación. Los osos, especialmente los osos pardos, cavan hoyos en el suelo mientras buscan raíces o ardillas terrestres. Los osos pardos cavarán en busca de comida a principios de la primavera, cuando abandonan sus guaridas por primera vez. Anotado en mi mente.

Sexto, marcas de garras en los árboles. Si ve marcas de garras en los árboles, significa que el oso ha trepado a ese árbol y sus alrededores. Asegúrate de mirar hacia arriba y no gritar. Anotado.

Séptimo, si encuentras pelos en los árboles. Los osos se frotan contra los árboles, árboles con corteza áspera, para rascarse. Además, debo recordar que cuanto más alto sea el pelo que quede en el árbol, más grande será el oso. Me viene a la mente ese vídeo de YouTube del oso rascándose. Anotado. ¡Uno grande!

Octavo, los divanes. A los osos les encanta estar más activos temprano en la mañana y al anochecer. Durante el calor del día, los osos descansarán en divanes. Se trata de depresiones poco profundas de hojas amontonadas en el bosque, vegetación pisoteada, un rasguño poco profundo o un agujero. Los sofás cama están en lugares frescos. Los osos construirán tumbonas a lo largo de arroyos y ríos. Los divanes a menudo se asocian con lugares para comer y, por lo tanto, deben evitarse.

Noveno, ¿cuál fue el último punto?

Me detengo junto a este encantador arroyo y consulto mi reloj; 9:10 a.m. La mañana se mantiene fresca y agradable, el sol aún no muestra su intensidad. El murmullo constante del agua fluyendo crea una atmósfera serena que me envuelve mientras permanezco allí. Observo aguas abajo y noto que no hay nada que pueda explicar el aumento en el caudal del arroyo, pero el sonido persiste y se intensifica gradualmente. Decido volver a mi camino cuando, al girar, me encuentro con la imponente figura de un oso pardo detrás de mí. En un instante, recuerdo la última advertencia mientras observo su pata gigantesca levantándose hacia mí...

¿QUIÉN LO HACE DE TODOS MODOS?

El martes es mi día de compras. No estoy seguro de cómo el martes se convirtió en mi día de compras, pero así fue. Supongo que sucede como suceden muchas cosas en la vida. Establezca una rutina y cada día de la semana seleccione algo que pueda necesitar hacerse en la casa. Ya sabes, las pequeñas cosas, como barrer el piso, pasar la aspiradora, quitar el polvo, lavar la ropa y así sucesivamente. Entonces, el martes se convirtió en mi día de compras.

Mientras estaciono mi auto en Calle Main en Northport, Nueva Gales del Sur, agradezco la intervención divina porque tuve la suerte de encontrar uno de los pocos lugares de estacionamiento gratuitos de cuatro horas y metí mi pequeño Fiat en él.

Saliendo del auto, abro el maletero y tomo mis bolsas de compras, ya que el supermercado local se ha sumado a las masas de tiendas minoristas que ahora prohíben las bolsas de plástico, por lo que todos deben recordar traer las suyas. Saco unos cuatro sacos o cinco bolsas. No puedo decirlo ya que están uno dentro del otro. Cierro las botas y, usando mi control remoto, presiono el botón y el “bip-bip” de seguridad suena en mis oídos.

Me giro para caminar y choco con una mujer que está parada justo detrás de mí. "Hola, Angus", dijo la mujer.

“Lo siento, pero ¿te conozco?” Pregunté porque nunca había visto a esta persona en mi vida.

“Por supuesto que sí, Angus. Yo soy Dios.”

“Bien,” sé que escuché a la mujer decir: “Yo soy Dios”. Entonces, sé que estoy despierto y no estoy teniendo un sueño. Puedo verme en el reflejo de Bert’s Peluquería y ver el mismo reflejo de la mujer. Tiene poco más de treinta años, es atractiva, con ojos color avellana y tono de piel oliva. De pie, su altura es lo primero que notas y luego sí, sus ojos profundos pero adorables, que son significativos, pero de aspecto triste. Lleva un fabuloso vestido corto con bolsillos y un estampado dibujado a mano de damas parisinas disfrutando de un día lluvioso por la ciudad con sus perros, combinado con solapas impecables, botones delanteros y un fajín para endulzar su apariencia. Agregue a esto los tacones más altos que he visto usar a una mujer, y pensé que, por Dios, se veía genial, por supuesto.

"Está bien, he escuchado muchas frases para ligar, pero tengo que admitir que esta es una de las mejores que he escuchado jamás. ¡Esta frase para ligar brilla!" Dije, sonriéndole a la mujer.

"Bueno, no estoy intentando conquistarte, Angus. Pensé que como tuviste un fin de semana tan terrible, tal vez bajaría y me aseguraría de que tuvieras uno de los mejores lugares de estacionamiento en Calle Main, así que aquí estaba, guardándotelo, "dijo Dios.

Bueno, tengo que admitir que recuerdo pasar por la tienda de Bert y no ver este lugar y luego dar la vuelta a la rotonda y, como por arte de magia, el lugar estaba aquí. Quizás me lo perdí. Sólo una coincidencia, pensé.

"Podría clasificar el hecho de haber encontrado una plaza de aparcamiento en Calle Main como el milagro del día, pero hoy ha sido simplemente mi día de suerte. Además, ¿por qué "Dios" perdería su tiempo en algo tan trivial?" Respondí.

"Primero Angus, no es Él sino Ella, como puedes ver ya que estoy parada frente a ti y no debes usar anteojos hasta que cumplas cuarenta y cuatro años, que es solo dentro de ocho años, así que tomo tu declaración para ser sólo una declaración machista. En segundo lugar, siempre ha habido un malentendido por parte de la humanidad de que soy un hombre, pero, como puedes ver, soy una mujer." Respondió "Dios".

"Entonces, cuando la Biblia dice que Dios creó al Hombre y luego, cuando estaba solo, Dios creó a la Mujer, ¿está mal?" Solté mientras estaba parado frente a la tienda de Bert.

"Angus, primero creé a la Mujer, lo cual es evidente a mi imagen. Luego, al ver que se sentía sola, me di cuenta de que había cometido un error y, para compensarlo, creé al Hombre, no como lo imprimían en todos esos libros." Respondió "Dios".

Ah, allá vamos, creo; "Está bien, ¿qué pasa señora? Si eres "Dios", ¿cómo podrías cometer un error en primer lugar?" Pregunté, sintiéndome bien conmigo mismo.

"Bueno, Angus, no fue un error de formulación. Cuando creé Mujer, me aseguré de que hubiera mucha dopamina en su química y también me aseguré de que incluyera norepinefrina y feniletilamina y una pizca de oxitocina, por si acaso. Esta mezcla era perfecta, pensé, pero le faltaba algo." Dios explicó.

"Sí, faltaba, hombre. ¿Aún no has respondido a la pregunta de por qué la Biblia se equivoca en la historia?" Presioné "Dios" para explicar.

"Paciencia Angus, ya estoy llegando. Cuando vi a la Mujer, vi que le faltaba testosterona, así que creé al Hombre y le di muchas cosas. Pensé que era eso, una combinación perfecta, pero no lo vi en ese momento". Dijo "Dios".

"Angus, pensé que estos químicos tenían que estar en la Mujer y el Hombre, pero eso no estaba bien. La dopamina, la testosterona, la oxitocina, la noradrenalina y la feniletilamina trabajan juntas para crear un mejor ser humano. Es la cantidad de cada uno lo que marca la diferencia, por qué los hombres son hombres y las mujeres son mujeres, por así decirlo. La química funcionó al final: las mujeres se volvieron más alertas con sus sentimientos y habilidades sociales, mientras que los hombres, impulsados por sus niveles más altos de testosterona, se esforzaron por lograr cosas más importantes".

No es una teoría ni un hecho, simplemente funciona así la mayor parte del tiempo y todos estos químicos permiten a la Mujer y al Hombre amar, abrazar y procrear la Tierra." dijo "Dios".

"¡Todavía no tengo mi respuesta Dios!" exclamo de nuevo, esta vez un poco más asertivo que antes.

Dios sonríe mientras ella habla: "Mi punto, Angus. Estos químicos han dotado a las mujeres de una paciencia que supera la de los hombres, y es por eso que estoy aquí hoy, para ayudarlos a encontrar un lugar de estacionamiento. Respecto a su pregunta sobre la Biblia, la razón por la que la versión que usted tiene hoy es como es y no al revés es que..."

El evasivo despertador me grita, diciéndome que son las 7 a.m. y que es hora de levantarme. Presiono el botón de apagado y reviso y veo que es el día 5, un martes, mi día de compras. Me levanto y realizo esas rutinas diarias que todo el mundo hace por la mañana, me afeito, me ducho, desayuno y me preparo para hacer mis carreras diarias. Oh, sí, es martes, así que hoy hago la compra.

Me subo a mi auto y conduzco hasta Calle Main para ver si hay alguna de esas pocas paradas de estacionamiento gratuitas de cuatro horas para mí, y cuando paso por Bert's Peluquería, noté que no hay ninguna.

Oh, diablos, supongo que tendré que conducir seis cuadras por una calle lateral para encontrar un lugar para estacionar.

No tengo paciencia para buscar uno en Calle Main.

¿Quién lo hace de todos modos?

¡DALE!

Anoche Martha me preparó mi cena favorita, bistec con judías verdes y almendras, puré de batatas y mi favorita de todas postres, tarta de cerezas.

Terminé la velada con una copa de vino. La tarde era agradable y cálida, con la brisa entrando por las ventanas abiertas. No hay nada como una noche neoyorquina para calmar el ánimo. Me acostaba temprano porque tuve un día agotador.

Llegó la mañana y noté que Martha no estaba a la vista, por lo que supuse que se había levantado temprano para preparar el desayuno. De repente, escuché un alboroto tremendo proveniente de abajo. Corrí hacia la cocina y me encontré con Martha parada allí, sosteniendo una caja inusual y hablando con alguien dentro de ella.

Estoy inmerso en un sueño, eso es seguro, me digo a mí mismo. Pero cuando veo a Martha allí, temblando, me doy cuenta de que es la realidad. Martha sostiene un periódico y me lo entrega, su rostro está desencajado. Lo miro y lo primero que salta a la vista es la fecha: 17 de octubre de 2024.

"Martha, ¿esto es una broma, querida? ¿Tus hermanos están intentando irritarte esta mañana o a mí?"

"No, Jorge. Mira afuera. El mundo que conocíamos se ha ido. Hay un mundo extraño ahí fuera."

Camino hacia la ventana de la cocina y, de hecho, veo un mundo muy diferente. Un mundo extraño. *"Tiene que ser un sueño"*; Me digo a mí mismo; *"¡simplemente tiene que ser así!"*

De repente, suena el timbre en la puerta principal de la casa y noto que mi sirviente no está cerca. Aun sosteniendo el periódico, abro la puerta con la intención de reprender a James la próxima vez que lo vea. Al abrirla, me encuentro con una mujer semidesnuda parada frente a mí, sosteniendo un palo cubierto con una suave cubierta. Ella comienza a hablar de inmediato.

"Señor Washington, ¿qué opina del tuit del presidente Crumble de anoche? ¿Está usted a favor o en contra de esta propuesta? ¿Cómo vas a contrarrestar el tuit?" ella pregunta.

“Mi querida señora, primero debería cubrirse las piernas, ya que puedo verle las rodillas y es bastante impropio que una dama sea vista con ese atuendo. En segundo lugar, ¿qué quiere decir con "tuit" y quién es el presidente Crumble?” Me detengo para entregarle a la señora un chal que tomé del perchero junto a la puerta principal.

Sin perder un momento, la señorita me muestra la cajita más curiosa que maneja fácilmente en su pequeña mano, y tiene un pequeño trozo de vidrio y en sus letras está impreso. Las cartas dicen: "Washington no tiene ninguna posibilidad de ganar la nominación este año. Tengo todos los votos. Que lo intente.”

De pie en la puerta de mi casa estoy conversando con una mujer extraña que me habla de alguien llamado Crumble que cree que puede ganar, pero que no estoy seguro de ganar, pero insiste en muy pocas palabras en que puede ganar.

“Jovencita, por favor dígame, ¿qué es esta cajita y qué está escrito en ella?” Pregunto.

La mujer parece divertida y dice: "Está bien, seguiré el juego". Es el último tuit del presidente Crumble, que se postula para la reelección en noviembre. Él está diciendo que no se puede vencerlo para la nominación. ¿Qué tiene usted que decir al respecto, señor Washington?”

"¿Qué estás diciendo, jovencita? ¿Qué está pasando? ¿El hermano de mi esposa, Bartolomé, te instó a hacer esta broma?" Sentí que una ira hirviendo lentamente se alimentaba dentro de mí, pero sabía que Martha no lo aprobaría, así que me calmé y fue mejor así, porque Martha apareció en ese momento.

"George, querido, ¿quién es esta joven mal vestida que está parada en nuestra puerta? ¡Por favor, llévenla adentro antes de que los vecinos vean que está tan desordenada!" Agarrando a la joven del brazo, Martha rápidamente la hace entrar a nuestro vestíbulo. Pregunto de nuevo; "Jovencita, ¿cómo te llamas y de qué estás hablando?"

"Señor y señora Washington, mi nombre es Rosemary Chapel, formalmente de la división de noticias y actualidad de la Corporación Australiana de Televisión y ahora reportera de Cable Network News y estoy aquí para conocer su reacción sobre la contienda republicana de este año para las elecciones presidenciales de 2024. El presidente Crumble no cree que pueda reunir los votos para quitarle la nominación para enfrentar a Biden. ¿Qué tiene usted que añadir a esto, señor Washington?"

Esta es una situación bastante sorprendente; Pienso para mí. Me acosté en 1797 y desperté en 2024 junto a mi Martha en un mundo nuevo y extraño que se vuelve más extraño a medida que pasan los momentos.

"Señorita Chapel, soy un ciudadano privado que ahora se jubiló de la presidencia en 1797 y usted me dice que ahora estamos en 2024." Le pregunto de nuevo. "¿Es esta una de las bromas de los hermanos de Martha?"

"Señor Washington, no estoy segura de por qué sigue insistiendo en que esto es una broma, señor. El país quiere saber cuál será su respuesta al tuit del presidente Crumble de esta mañana. Hágales saber a sus compatriotas, hombres y mujeres, hoy. ¡El país espera!"

"Aquí está su cuenta de Twitter, señor. ¿Qué tienes que decirle a Crumble?

Todo iba bien hasta que despertamos en este extraño mundo nuevo.

Miro a Martha, que está ahí parada mirándome como siempre lo ha hecho. Orgullosos, fuertes, sabiendo que juntos podemos conquistar el mundo, este mundo. Miro una vez más el periódico que tenía en la mano y noto una frase extraña, pero me gusta y decido usarla.

"Señorita Chapel, ¿sería tan amable de prepararme esta declaración para el presidente Crumble utilizando su cajita y mi cuenta, como mencionó?"

"Claro, señor Washington. ¿Qué te gustaría que tuiteara?" Miro el periódico una vez más, le sonrío a Martha y respondo. "¡Dale!"

EN ESE MOMENTO PARECIÓ UNA IDEA INTELIGENTE

El verano es una época maravillosa del año. El sol parece más brillante, el aire más fresco y los pájaros parecen más felices. Además, podemos disfrutar de ir a la piscina.

El orfanato Michaels en Rayburn, Georgia, albergaba a cien niños de diversas edades. Sus padres los habían confiado a las Hermanas del Valle por distintas razones; algunos de estos niños enfrentaban problemas de salud y mentales. A esto se sumaba un grupo único: doce chicos cubanos que formaban parte de la iniciativa "Pedro Pan". Juntos, constituían un desafío formidable.

La iniciativa "Pedro Pan" o "Peter Pan" fue un éxodo masivo clandestino instigado por Estados Unidos de más de 14.000 niños y niñas cubanos no acompañados de edades comprendidas entre 6 y 18 años hacia Estados Unidos durante un lapso de dos años, entre 1960 y 1962. Nuestros padres, que eran alarmado por rumores infundados que circulaban entre las familias cubanas de que el nuevo gobierno de Castro estaba planeando poner fin a la patria potestad y colocar a los menores en centros de adoctrinamiento comunista en la URSS.

El orfanato católico fue establecido en 1869. Cuando llegamos, los niños cubanos, en 1962, el lugar lucía, viejo. Había una piscina en el orfanato, pero este año la habían drenado y, aparte de un pequeño charco cerca del desagüe, no podía fluir agua alguna. Esto prometía un verano bastante aburrido. Hicimos preguntas a las monjas, pero sus respuestas no fueron satisfactorias. Nos dieron excusas como: "No podemos permitirnos gastar dinero en llenar la piscina".

Este año irás al campamento de Boy Scouts. Allí tendrán una piscina. Este año no vamos a pagar ningún socorrista." Entonces, entendemos lo esencial: no hay piscina.

Ciertamente iba a ser un verano aburrido.

La piscina contaba con una cabaña grande con una puerta. En su interior, había dos bancos ubicados en cada esquina del pequeño edificio rectangular. Cada sección del rectángulo tenía una abertura a unos tres metros del suelo para permitir la entrada de luz y ventilación. Estas aberturas medían 900 mm de ancho por 500 mm de alto y no tenían vidrio ni mosquitera, solo eran simples aperturas. Desde afuera, nadie podía mirar dentro a menos que contara con una escalera de tres metros.

Siendo jóvenes emprendedores y considerando que todos estábamos aburridos, decidimos organizar un juego de azar. Sin embargo, este juego debía ofrecer desafío, aventura, riesgo y peligro. Es increíble cómo la mente de un niño puede ponerse en acción en tales circunstancias.

Decidimos que la forma más justa de seleccionar un candidato para esta empresa era echar suertes. Habiendo cogido unas pajitas, cortamos varios hilos en tamaños iguales y votamos que podíamos sostener estas piezas en una mano menos una. La única talla que era diferente era más corta que todas las demás. Ahora necesitábamos tener un premio. La lógica era que quien escogiera la pajita más corta se convertiría en el candidato a ganar el premio.

El premio resultó ser un desafío. Viviendo en el orfanato realmente no teníamos nada de valor con nosotros, pero a alguien se le ocurrió una idea brillante; saquemos de contrabando de la cocina alimentos del almuerzo o de la cena del cura, sobre todo los postres. Esta idea del premio fue espléndida porque el cocinero era un excelente panadero. Estuvimos de acuerdo y en la primera oportunidad, el chico que trabajaba en el turno de limpieza en la cocina sacó de contrabando un gran trozo de pastel de chocolate y lo escondió para este evento.

Luego vino la selección de un candidato para el desafío.

Nuevamente, los niños razonaron que una recompensa, como el trozo de pastel de chocolate, debería tener una tarifa adjunta, por lo que decidimos que una pequeña bolsa de canicas con un mínimo de veinte canicas en la bolsa te daría la oportunidad de ganar. Gana una oportunidad en el desafío y la recompensa del pastel.

Los candidatos llegaron desde todos los rincones de la casa, compitiendo por una oportunidad en el desafío. Mientras los candidatos trajeran su bolsa de canicas, no nos importaba de qué nacionalidad fueran. Una bolsa de canicas en el orfanato era como oro.

Finalmente, acordamos las reglas. Una vez que una persona realiza el pago de la bolsa de canicas, debe elegir una pajita y usted la conserva hasta que todos los candidatos terminen de sacar su propia pajita. Una vez que se recogieron todas las pajitas, todos la mostrábamos y el niño con la pajita más pequeña "ganaba" la oportunidad de ganarse el pastel.

Aquí es donde las cosas se pusieron emocionantes. La oportunidad de ganar el pastel aún conllevaba otro desafío. Ese desafío consistía en esquivar los ladrillos, seis para ser exactos. Luego, el candidato ganador entró en la cabaña y tuvo que esquivar los seis ladrillos que se arrojaban a través de las dos aberturas a cualquier velocidad o momento que el niño que sostenía el ladrillo pudiera lanzar. Si el candidato no recibía ni un rasguño del ladrillo, ganaba el pastel. La descalificación fue fácil de ver.

Si un candidato recibe un golpe con un ladrillo en el brazo, en la mano o simplemente con un corte, será descalificado y luego otro nuevo candidato intentará ganar el pastel.

Fue tan simple, fue brillante.

Incluso con este peligro y riesgo, había hambre por el pastel, por lo que siempre había alguien dispuesto a ganarlo.

Sin embargo, el evento fue un éxito y muy divertido hasta que Michael Wayne Johnson tuvo su oportunidad.

Michael Wayne Johnson no tuvo tanta suerte.

En el tercer lanzamiento del ladrillo (nadie admitió realmente haber arrojado el ladrillo a través de la abertura), le golpea en la cabeza, rompiéndole el cráneo, lo que requiere que lo lleven a la sala de emergencias y le den veintidós puntos.

Las monjas quedaron atónitas y furiosas.

Llevaron a todos los participantes a un salón de clases y allí la Madre Superiora y dos hermanas nos interrogaron a todos, uno por uno, para encontrar al cerebro del evento. Todos guardaron silencio, se hicieron los tontos y se unieron en solidaridad.

Cuando llegó mi turno en la inquisición y me preguntaron por qué pensábamos que esto sería un juego apropiado, todos afirmé que me parecía una idea inteligente.

FUE UN RUIDO IMPACTANTE

Remar en la década de 1970 fue una maravilla y no se podía encontrar un lugar más apropiado para pasar la noche a toda velocidad que Underground Atlanta. Fundado en 1969, Underground Atlanta (la ciudad debajo de las calles) utilizó los antiguos viaductos que se encontraban debajo de las calles del centro de Atlanta para crear un complejo que contenía más de treinta restaurantes, locales de música, bares y clubes nocturnos, todos ellos florecientes en este entorno único entre los viejos escaparates que permanecerían abiertos hasta altas horas de la noche. La arquitectura original era de la década de 1920, lo que le dio a Underground Atlanta no solo una sensación única, sino que se sumó a uno de los aspectos más grandes y brillantes del sitio, que fue el hecho de que hay alcohol disponible en todos los establecimientos.

Estos factores hicieron de Underground Atlanta un lugar popular tanto para los lugareños como para los turistas que llegaban al centro de la ciudad. Uno de los "lugares de moda" era *'Dante Down the Hatch'*, que era frecuentado por los ricos y famosos y de alguna manera terminé allí una noche.

Si la memoria no me falla, quería impresionar a la dama con la que estuve esa noche mostrándole todos mis movimientos. Esa noche esperaba que la música estuviera alta y que la pista de baile estuviera llena de cuerpos girando al ritmo del "Hustle", el "Bump" y muchos más movimientos ilustres de la época.

Mi cita de la noche se veía impresionante.

Un vestido de noche largo con una abertura larga en la parte delantera que permite que su larga pierna derecha muestre sus piernas musculosas y tonificadas. El vestido se unía en el medio con un cinturón largo como un hisopo que separaba el aspecto floral inferior del vestido con un top negro noche que brillaba en su largo y hermoso cabello rubio. No entendía cómo había atrapado a esta belleza, pero lo hice.

Esperamos afuera en la larga cola para acceder a Dantés y la fila no parecía moverse, pero eso no me molestó porque me dio la oportunidad de mantener una conversación con mi cita. Mencionó que nunca había estado en dantes y que sus amigos no habían oído más que cosas maravillosas sobre él.

Jugué con calma y mencioné que había estado aquí antes (bueno, solo una vez) y que estaría de acuerdo con sus amigos en que el lugar era efectivamente el "lugar de moda" en Atlanta.

Seguimos avanzando poco a poco hacia la entrada, y pudimos ver al portero, una montaña de hombre, incluso desde lejos.

A medida que nos acercamos, noté que mi cita comenzó a no prestar tanta atención a mi conversación, pero seguía mirando hacia el portero y pude ver que él también había hecho contacto visual con ella y sonreía mucho a nuestra manera (¿a ella?).

Persistí en tratar de asegurar que la conversación fuera animada, interesante y estimulante.

Lo más importante para ella, pero no importa lo que hice, todo lo que obtuve fue un asentimiento, una pequeña sonrisa, una risita discreta y una mirada constante hacia el portero. Cuando llegamos al principio de la fila, el portero, con voz autoritaria, dice: "Identificación, amigo." Yo le presento mi licencia de conducir, la cual él toma, examina y me devuelve sin apartar los ojos de mi acompañante.

"Identificación por favor, señorita", pide el portero con una sonrisa. Mi acompañante rebusca en su bolso en busca de su identificación, pero sin éxito. Luego, con una sonrisa encantadora, se vuelve hacia el portero y con la voz más coqueta que jamás hayas oído, dice: "Bueno, señor, parece que he perdido mi identificación. ¿Seguramente puedes hacer una excepción conmigo?" Luego, toca el brazo del portero de una manera que pensé que era muy provocativa.

Él la mira por un momento o dos, sonríe y dice: "Claro. ¡Eres bueno para entrar, pero tú no!" mirándome directamente.

Mi cita me dirige una mirada, sonríe y dice: "¡Ciao, nos vemos!"

No estoy seguro de qué me poseyó, pero en ese momento, al cruzar la puerta, piso accidentalmente la cola de su vestido de noche. Entonces, un ruido impactante atraviesa el sonido de la música que se escucha a través de la puerta principal; el sonido del desgarro de tela más grande que jamás haya escuchado.

Todo lo que veo es la parte de atrás de la ropa interior de mi cita y su vestido de noche está por todo el suelo y todos, incluido el portero, se ríen de ella. Mi cita me mira horrorizada y le sonreí. Todo lo que le digo es "Ciao". Y cuando me doy vuelta y empiezo a regresar a casa, todo lo que me parece escuchar es ese impactante ruido desgarrador en mi mente.

¡MARCHA ADELANTE!

Existe la posibilidad de que me esté haciendo viejo, mucho mayor de lo que quisiera admitir.

La semana pasada en la reunión de nuestro grupo de escritores local, dieron las tareas y, por mi vida, de alguna manera las arruiné todas.

La líder del grupo de la reunión tuvo la amabilidad de detallar los cuatro temas diferentes de manera lenta, elocuente y fonética y, para garantizar la precisión, incluso entregó una hoja de papel con los temas escritos en ella.

Aun así, lo arruiné.

No sólo no escuché su distintiva voz detallando y explicando los temas, sino que también arruiné totalmente los temas escritos. Mi conclusión es que ahora estoy perdiendo tanto el oído como la vista y que necesito urgentemente una reparación.

La reunión fue el día de San Patricio y me vestí de verde, con la esperanza de que eso aumentara mis posibilidades de tener buena suerte, pero esa estrategia fracasó. Para colmo, era el cumpleaños de mi hermano y olvidé enviarle una tarjeta de Jib Jab, lo que supongo que sembró un pequeño conflicto en la familia.

Inicialmente, creí que, al encontrarnos el 17 de marzo, había evitado las desgracias de los idus de marzo, pero ahora veo que las desgracias simplemente se han retrasado.

Entonces, ¿qué voy a hacer ahora?

¡Voy a seguir adelante y seguir escribiendo y prestar más atención a las próximas tareas!

LA PRÓXIMA VEZ, MASTICA MÁS

Al llegar al restaurante para cenar temprano, saludé a Michael, el camarero que me había atendido durante los últimos tres años, y él me acompañó a mi mesa favorita, la número 7, junto al gran ventanal que da a la calle.

El menú de hoy me trajo sensaciones gustativas que ya había experimentado antes porque el plato especial de la noche fue maghaz.

Maghaz es un plato de curry paquistaní que contiene cerebros reales. Cerebros de oveja o vaca, para ser exactos, y a veces se le llama "Cerebro Masala".

"Buenas noches, señor. ¿Cómo estamos esta noche?

"Estamos bien, mi querido Michael. ¿Serías tan amable de describirme una vez más el especial de maghaz de esta noche y traerme el Roof Afza más frío que tengas?"

Sonriendo, porque me conoce tan bien, Michael comienza. "El chef hierve los sesos primero antes de sofreírlos con cebolla, semillas de cilantro, chiles verdes, cúrcuma y pasta de jengibre y ajo, y se sirven mejor con parathas, que son pan plano frito", dice Michael.

No hay que tomar ninguna decisión ya que este es uno de mis platos favoritos. Michael recibe mi pedido y mi pedido de bebidas y va a hacer mi pedido.

Ah, Roof Afza, probé la bebida una vez mientras estaba de vacaciones en Londres y estaba deliciosa. "Rooh Afza, uno que realza el espíritu y eleva el alma", dice su fabricante, Laboratorios Hamdard.

La bebida es una combinación de azúcar, frutas, hierbas, verduras y extracto natural de flores de cítricos. Michael siempre añade semillas de albahaca. Conozco estas semillas para tratar la diabetes porque bajan los niveles de azúcar y equilibran el sistema digestivo. Como resultado, la combinación de ambos debería rejuvenecerte y darte un enorme impulso de energía.

Llega la bebida y la saboreo mientras pienso en el próximo cerebro Masala y también llega.

Dependiendo de dónde sea el chef, es decir, paquistaní, bangladesí o indio, la cocina es la misma pero diferente. El chef es de la región india de Punjab, por lo que el maghaz tiene ese aspecto rojizo, rojo intenso y rechoncho que invita a sumergirse en sus parathas. Me sumergí en el plato.

Excitó mi sentido del olfato cuando la mezcla de especias se mezcla con el cerebro y se adhiere al paratha y estalla cuando entra en mis fosas nasales. Tomo un paratha, lo mojo y me llevo este plato del subcontinente a la boca.

Una explosión de sabores estalla en mi cerebro mientras las mezclas de especias se funden con la carne de la vaca. Al principio, mastico mi comida, pero los sabores continúan expandiéndose y sumergiéndose, envolviéndome en una experiencia sensorial única.

Profundizo más rápidamente, como si alguien fuera a quitármelo. Más bocados me invaden y parece que no tengo suficiente, y entonces; Me ahogo.

Escuché que cuando crees que te estás muriendo, tu vida pasa frente a ti como algo borroso y la revives. Bueno, puedo decir eso cuando tu vida pasa frente a ti, pero en mi caso, no fue mi vida sino la de Michael, el servidor.

Parece que Michael está más conectado conmigo de lo que jamás pensé, ya que vislumbres de su vida pasan a mi lado mientras me ahogo con mi maghaz y paratha. Parece que Michael ha tenido una vida divertida trabajando como obrero, profesor, trompetista de jazz y ahora como camarero. En menos de diez segundos, su vida pasa frente a mí como una película, o eso creo, mientras sigo ahogándome.

Michael balancea su puño y me golpea la espalda, asustándome muchísimo y sale un trozo de cerebro de vaca, aterriza en la mesa y puedo respirar de nuevo.

"Gracias Miguel. ¡Casi me muero!"

"Está bien, señor. Tienes suerte de que una vez fui suplente de Peter Salisbury para ser un luchador profesional en la WWE y todavía recuerdo algunas cosas.

Bueno, esa fue una parte de su vida que no reviví. La próxima vez masticaré más.

ESTAFAS

Estoy pensando en ti, como siempre. Quiero que sepas cuánto amo sinceramente los momentos que hemos tenido charlando por teléfono. Eso significa mucho para mí. Parece que te conozco desde siempre y no puedo imaginar mi vida sin ti. Sabes que no miro atrás, no tengo dudas y, por supuesto, no me arrepiento de nada. Puedo decir que te quiero y sólo te necesito a ti, y veo que nuestro amor se fortalece con el tiempo. Esta expresión de mi amor por ti no debería asustarte. Por favor no te asustes amor mío, porque la vida te golpea con cosas imprevistas que te toman por sorpresa. Sé que lo fue para mí en el momento en que escuché tu voz por primera vez por teléfono. Todo lo que puedo decir es que eres la mejor y más maravillosa sorpresa que he tenido la suerte de tener en mi vida, y me has demostrado cuánto cariño, comprensión y amor puedes compartir conmigo, por eso te lo agradezco y me enriquezco al tenerte ahora en mi vida y nunca te dejaré ir. Así me dijo la encantadora y joven voz por teléfono.

En esta época del año, tengo esa sensación de tristeza y soledad que es tan común en esta época del año. Sí, es la temporada navideña y, como hombre soltero, me siento solo durante esta época festiva. Si eres como yo y no tienes con quién compartir las vacaciones, entonces el sonido de esta dulce voz te enganchará en el momento en que la escuches por primera vez y a mí me enganchó.

La conversación comenzó con el natural "Hola", y antes de que pudiera decir algo, la encantadora voz comenzó su discurso antes mencionado, que escucho sabiendo que esta era la primera vez que escuchaba su voz. Es una voz encantadora que podía escuchar mientras ella continuara hablando, pero sabía que no significaba nada para ella ya que probablemente era un número equivocado o algo más.

Después de unos minutos más, la detuve y le pregunté; "¿Quién eres?"

"¡Stephanie tonto, no puedo creer que no reconozcas mi voz!"

No, no reconocí su voz ni su nombre, pero dije: "Oh, sí Stephanie, sí, mi mente debe haber vagado en el momento en que escuché tu voz, lo siento mucho". ¿Cómo estás?"

"Estoy bien. Sólo pienso en ti y deseo tener suficiente dinero ahorrado para visitarte esta Navidad porque te extraño mucho."

"Oh, estabas planeando visitarme. No has dicho eso antes. ¿Qué te ha hecho decir eso? pregunto.

"Te extraño terriblemente tonto y si pudiera pagar el boleto de avión de $1,834.00, estaría en tus brazos en una fracción de segundo".

"¿Eso es todo lo que necesitas, 1.834,00 dólares? Podría enviarte el dinero y cuando puedas, simplemente devuélvemelo. ¿Como suena eso?" Solté.

"¡Eso sería muy amable de tu parte!" dijo la voz melosa.

"Excelente. Dame tus datos bancarios y transferiré los fondos tan pronto como colguemos. Dije con urgencia.

"¿No puedes hacer la transferencia de fondos mientras estamos hablando por teléfono de esa manera? ¿Puedo confirmar el recibo de inmediato?" dijo Stephanie.

Respondí. "Lo siento Stephanie, pero tengo que ir a mi computadora y hacer la transferencia allí donde sea más seguro, pero no te preocupes, seguramente verás los fondos en tu cuenta en la mañana".

"Pero si usas mi Pay ID, que es mi correo electrónico, te lo puedo dar ahora mismo. Los fondos estarán allí en minutos, así que puedo reservar el billete de avión hoy. Simplemente no quiero perder un día sin estar contigo. Dijo una ansiosa Stephanie con su encantadora voz.

"No puedo. Transferiré los fondos a través de mi computadora a tus datos bancarios. Estoy seguro de que algún día no dañará nuestra relación.

Sintiendo que no cambiaría de opinión, Stephanie me proporcionó sus datos bancarios, que eran una extraña fila de números que no se utilizan en Australia y terminé la conversación con; "Stephanie, querida. Llámeme cuando reciba los fondos para que pueda conocer los detalles de su vuelo para recogerlo en el aeropuerto. Te hablaré pronto."

Tan pronto como colgué el teléfono, cancelé mi número con el proveedor y obtuve uno nuevo. Sentado en mi salón, me pregunto si Stephanie volverá a buscarme y si caerá en una de las estafas más ingeniosas que he ideado en mucho tiempo.

LA LLAVE DE AZRAEL

La llave en forma de serpiente reposaba ante mí, colocada allí por el abogado.

"Aquí la tienes. Eso es todo lo que dejó tu difunto tío Mortimer McDonald en el testamento para ti", me dijo, entregándome mi copia del testamento. Lo leí detenidamente y eso es todo lo que decía. "Le dejo a mi sobrino Bartolomé McDonald, mi posesión más preciada, la llave Azrael.

"Entonces, ¿para qué es esta llave? ¿Qué hace? ¿Es para su casa? Le pregunté al abogado.

"Sí", responde y sale de la habitación, dejándome solo con el testamento y la llave.

Vaya, no sabía qué hacer, así que tomé la llave y salí de su oficina a un parque cercano para reflexionar sobre el significado de este extraño suceso. Mi tío siempre fue un tipo peculiar. Mi madre siempre me decía que su hermano mayor siempre tenía algo "extraño", como si una nube de fatalidad fuera a aparecer en cualquier momento.

Siempre me gustó el tío Mortimer. Fue muy divertido con todas sus historias y travesuras en las que nos metió en su antigua casa. Él es, fue, siempre una maravilla, o eso pensé. Pero esta pequeña llave era algo en lo que pensar.

Primero el nombre que le puso, la Llave Azrael. El nombre Azrael es un nombre de niño de origen hebreo que significa "ayuda de Dios". Este es también el nombre del Ángel de la Muerte en la tradición judía y musulmana, no es un comienzo brillante para un niño inocente que acaba de nacer en el mundo, entonces, ¿por qué este nombre y qué significa? ¿Qué abre? Sin otra opción, camino hacia mi auto, lo enciendo y apunté hacia la casa de mi difunto tío para investigar la llave. Tenía que hacer algo. Tenía que significar algo.

La vieja casa tenía el mismo aspecto que siempre tuvo cuando era niño y visitaba a mi tío. Ha pasado un tiempo desde la última vez que lo vi, tal vez a finales de 1995 y ya tenía poco más de 70 años y nada había cambiado, al menos en el exterior que pude ver. Subo los cuatro escalones hasta el porche delantero, muevo la puerta mosquitera y coloco la llave de Azrael en la cerradura. La puerta se abre y un olor a humedad invade mi nariz y casi me dan arcadas. Espero unos momentos hasta que mis ojos se acostumbran a la oscuridad y entro.

Comenzando en el salón, abro las persianas de la ventana para dejar entrar la luz del sol y sus rayos golpean todas las pequeñas chucherías que mi tío tenía por el lugar como si les diera vida. Tal como lo recuerdo cuando era joven.

Recorro la casa hasta el dormitorio, la cocina, la lavandería, la habitación de invitados y luego su estudio, pero aquí me encuentro con un problema; La puerta está cerrada. ¿Por qué esta puerta está cerrada? ¿Qué podría tener el tío Mortimer en el estudio que sea tan valioso como para cerrar la puerta con llave?

Saco la llave de mi bolsillo y la inserto en el ojo de la cerradura. Siento una vibración en la llave y decido retirar la mano. Observo cómo gira la llave y escucho el clic del pestillo al desbloquearse, abriendo la puerta. "Vaya, esto sí que es extraño", pienso para mí mismo mientras retiro la llave del ojo de la cerradura.

Al abrir la puerta de par en par, me encuentro con el estudio de mi difunto tío Mortimer, estancado en el tiempo al igual que el resto de la casa: todo permaneció inalterado, como si el tiempo se hubiera detenido.

Al abrir las persianas de la ventana, la luz penetra en la oscuridad, revelando una observación aún más intrigante. En el centro del escritorio yace una caja metálica adornada con extrañas figuras y símbolos. A medida que me acerco, noto una abertura destinada a una llave, lo que me hace pensar que la llave que tengo en la mano podría ser la llave para abrir esta caja.

Al insertar la llave en la cerradura de la caja, siento nuevamente una vibración, esta vez emanando de la propia caja. Giro la llave, levanto la tapa y descubro...

LA TRAICIÓN

Las relaciones son un desafío porque requieren una combinación de diversos elementos para prosperar. Algunos de estos elementos incluyen pasar tiempo juntos, una comunicación clara, ser juguetón, aceptar las limitaciones del otro, confiar, respetar, ser leal y cariñoso, entre otros. A lo largo de los años de mi relación actual, creí que estos elementos se estaban desarrollando y que ambos los compartíamos por igual. Sin embargo, me equivoqué.

La semana pasada, mientras caminábamos por el parque, nuestra relación fue puesta a prueba y fracasó en muchos aspectos, lo cual me avergüenza admitir. Un simple saludo y un gesto amable de un desconocido que se acercó a nosotros fueron suficientes para romper el vínculo que creía que teníamos.

La traición que experimenté fue devastadora. ¿Cómo pudo un gesto tan simple romper los muchos años que invertí en esta relación? ¿Qué tan frágil era nuestro lazo y yo no lo vi? ¿Cómo pude ser tan ingenuo?

Estos pensamientos me abrumaron mientras observaba a Rover relajarse y disfrutar de los masajes de este extraño que le había ofrecido un regalo.

Tomará tiempo, pero esta traición es algo que siempre recordaré.

DIRECTOR

El regreso a Elstone Manor se vislumbraba tedioso. La reciente partida de papá nos dejaba sumidos en un duelo compartido, y ahora, entre mis hermanos, mi madre, Seth, su hermana Abigail y yo, nos encaminábamos de regreso a Northport, Nueva Gales del Sur (NSW) para asistir a la lectura del testamento, presidida por la abogada de papá, la Sra. Anna Willerton, de la prestigiosa firma Creston, Robertson, Abbott y Paulson.

Oh, sin duda, el trayecto se presentaba como una verdadera molestia.

Una mañana típica se desplegaba en Northport, NSW, mientras el avión iniciaba su descenso final hacia el aeropuerto regional procedente de Guam, donde había estado realizando obra misional. El sol se alzaba temprano en este día de verano, bañando con su luz el paisaje mientras la aeronave tocaba tierra. Desde la ventanilla, contemplaba todo Northport extendiéndose bajo mí, sus techos de cemento y tejas formando un bello caleidoscopio de colores que se desplegaba a mis pies. "Hermoso", pensé para mí mismo, aunque sabía que el día prometía ser tedioso.

Cuando el avión finalmente aterrizó y la puerta se abrió para el desembarque, el calor ya se dejaba sentir con fuerza, alcanzando los 28 grados Celsius. Estaba claro que hoy sería un día sofocante. Uno de los aviones pertenecientes a las compañías de papá me había llevado hasta la capital, Hagåtña, en Guam, y estaba seguro de que las compañías de los padres de mis hermanos también habrían organizado vuelos para llevarlos a ellos, a mi madre, a Seth y a Abigail. Sin embargo, en cuanto a los hermanos vivos de papá, el tío Robert y la tía Beth, estoy seguro de que tuvieron que pagar su propio viaje para llegar a Northport, dado que hace años que ellos y papá dejaron de hablarse después de una pelea. Hombre, oh hombre, se avecinaba un día realmente fastidioso.

El viaje de regreso a casa transcurrió rápido y sin contratiempos. Aunque Northport ha experimentado un crecimiento significativo en los últimos años, al igual que gran parte de Sídney, el aeropuerto regional se encuentra cerca de mi hogar ancestral. Durante el trayecto, solo atravesamos extensos campos donde pastan vacas y pasamos por la escuela primaria y secundaria local a la que solía asistir, aunque eso parece haber ocurrido hace mucho tiempo.

Mientras observaba por la ventana de la limusina, los recuerdos de aquellos días en las aulas afloraron en mi mente.

Recordé algunos buenos momentos, pero también muchos días difíciles. Como mucha gente no sabe, el dinero no siempre garantiza la felicidad.

Cuando la limusina se detiene en el camino de entrada, mis ojos se posan en el imponente edificio monolítico que es Elstone Manor. No asistí al funeral ni al velorio de papá, y ¿por qué debería haberlo hecho? Cada día que pasaba, me recordaba que Abigail era la más bonita y que mi hermano mayor, Seth, era el más inteligente. ¿Qué fui yo entonces... una ocurrencia tardía, supongo, ya que papá nunca se molestó en prestarme ninguna atención que valiera la pena? A pesar de todo, amaba al viejo bastardo.

Mirando hacia atrás, siento resentimiento hacia papá por eso, pero cuando entré a la escuela secundaria, pude ver el estrés que mi hermano mayor soportaba al ser el encargado de llevar adelante la familia, pero, claro está, eso no le importaba a papá; desaprovechó su educación y su tiempo con él.

Abigail era tan hermosa como mamá cuando conoció a papá, al menos así lo muestran las fotos que he visto. Sin embargo, la vida tiene una forma de transformar ese primer amor en algo duro y seco. Con el paso de los años, mamá y papá se fueron distanciando hasta que, cuando yo tenía diecinueve años, finalmente se separaron. Han pasado quince años desde su divorcio y desde entonces han seguido caminos separados. No creo que vuelvan a hablarse nunca más.

Así que aquí estamos, una familia disfuncional, como se puede encontrar uniéndose para compartir la riqueza de un anciano amargado que había muerto solo en una casa enorme, vacía y sin amor. Papá sólo se rodeó de sus colegas de negocios y abogados durante los últimos quince años, y esa dedicación significó que sus empresas crecieran en tamaño, poder y prestigio. Ahora sus herederos se beneficiarán de su arduo trabajo.

Toda la familia Elstone estaba involucrada en una de las empresas de papá, por lo que todos figuraban en la nómina. Abigail ocupaba el cargo de presidenta en Cosméticos Stardust, Seth dirigía Elstone Optics, el tío Robert estaba a cargo de una pequeña filial en Atlanta, Georgia, llamada Cool Dips, mientras que la tía Beth era la jefa de marketing de la misma empresa. Mamá también trabajaba para una de las empresas de papá, aunque de una manera un poco diferente. Como jefa de desarrollo en Artistic Fashions, Australia LTD, Mamá tenía la oportunidad de viajar, disponía de una generosa cuenta de gastos, recibía un salario y podía lucir las últimas tendencias incluso antes de que llegaran a las pasarelas de Nueva York, París, Londres y Sídney.

Tomé otro camino. Después de la universidad, le pedí prestados $200,000 dólares a papá, que devolví en los primeros diez años después de la universidad mediante algunas inversiones inteligentes y decidí que el mundo ya tenía suficientes capitalistas y apagados; Fui a la obra misional durante los últimos cinco años.

Alquilar mi apartamento de dos habitaciones en Pyrmont durante cinco años fue una bendición. Podría pagarle a papá su dinero y, al mismo tiempo, mi inversión de $200 000 se cuadruplicó cuando una compañía de inversión estadounidense compró al propietario actual del edificio, invirtió $35 millones en mejoras y la gente comenzó a vender y comprar unidades, lo que aumentó mi valor y no tuve que hacer nada. Tengo que amar el capitalismo.

Todos estos pensamientos en unos minutos antes de que el conductor abra la limusina puerta y salgo y camino hacia el pasillo de Elstone Manor.

De pie en el enorme pasillo, me sentí desanimado. Allí me recibió la señora Willerton, lista para desempeñar sus funciones.

“Buenos días, señor Elstone. Espero que hayas tenido un viaje agradable. ¿Quieres refrescarte antes de la lectura del testamento? Tu madre, tus hermanos, tu tío y tu tía han llegado y están esperando en la oficina de tu difunto padre”, dijo la abogada con un tono cortés.

"No, tengo toda la razón. Empecemos. Cuanto antes hagamos esto, antes regresaré a Guam", respondí, decidido a avanzar con el proceso lo más rápido posible.

Entrar en la oficina de papá desencadenó una avalancha de recuerdos. Recuerdo muchas veces haberme sentado en su regazo mientras él leía en voz alta contratos, ocasionalmente soltando alguna maldición, levantando el teléfono y dando órdenes a los abogados. Papá hacía todas esas cosas conmigo en su regazo, pero rara vez me miraba. Quizás una o dos veces.

Hubo ocasiones en las que me abrazó, especialmente cuando le hacía preguntas ingenuas que ahora sé que eran un poco tontas, como: "Papá, ¿por qué necesitas otra compañía telefónica? ¿Acaso la que ya tienes no funciona?" O algo aún más absurdo, como cuando entré a su oficina y, a pesar de la presencia de al menos diez abogados, comencé a llorar. Papá me miró de inmediato y preguntó en voz alta: "Joseph, ¿por qué estás llorando?" Solo pude responder: "Papá, siempre me dices que trabajas con payasos, pero no veo ninguno aquí". Esa vez, papá me sonrió, me llamó hacia él y me dio uno de los abrazos más reconfortantes que jamás haya recibido de él.

Cuando entro a la habitación y veo a todos sentados frente al escritorio de papá, una sensación de pesadez me invade. Oh, Dios, realmente va a ser un día muy tedioso.

Sólo había una silla vacía a un lado. Era una silla que mi papá había construido con sus propias manos hacía mucho tiempo, y yo había trabajado en ella junto a él. Seth solía decir que odiaba las herramientas. Abigail era demasiado delicada, y mamá simplemente no se sentaba en una silla tan dura, especialmente sin cojines. Cuando papá y yo terminamos la silla, él la llevó a esta oficina, la colocó frente a su escritorio y allí permaneció durante muchos años. Con el tiempo, la silla se volvió vieja y desgastada, pero papá nunca la movió. Una vez le pregunté por qué, y me respondió que algún día el mundo se sometería bajo este, mi trono, ¡si alguna vez llegaba a mirar hacia abajo! Nunca pensé mucho en esa afirmación hasta hoy.

Mi papá fue muchas cosas; Despiadado, codicioso, castigador, pero nunca divertido, así que no entendí el significado. Y, sin embargo, ahí está la silla, así que me siento en ella.

Habla la señorita Willerton; "Gracias a todos por venir hoy. Ahora abriré el testamento y lo leeré en voz alta para que todos lo escuchen." La señora Willerton abre el sobre grande, mira dentro y saca una hoja. Ella parece perpleja y mira dentro del sobre grande, pero no se cae nada más, solo una hoja.

Lo toma y comienza a leer; "Hoy estáis todos aquí porque estoy muerto, enterrado y probablemente ya olvidado. Todos ustedes han estado viviendo de mí todos estos años y no los culpo, me culpo a mí mismo por criar hijos tan mimados y tener una esposa con la que comencé en un momento inmenso de amor que poco a poco se fue desvaneciendo a medida que se le entregaban cosas materiales."

La señora Willerton se detuvo un momento. Se podía oír caer un alfiler. Luego continúa.

"Mi hermano Robert y mi hermana Beth no hicieron nada por sí mismos. Simplemente se unieron a mi éxito y vivieron la buena vida. Nuevamente, no los culpo a ustedes. Fue culpa mía por no haber abandonado el negocio hace mucho tiempo.

"Seth, mi primogénito, te estresé mucho para prepararte para lo que se avecinaba y fallaste. No fallaste porque no te preparé, fuiste a las mejores escuelas y pasaste tiempo en todas mis empresas con excelentes gerentes. Fallaste porque no te importaba. Supusiste que, como mayor, todos vendrían a ti.

"Abigail, mi hermosa Abigail, también te he fallado. Al protegerte siempre como a una princesa, no te he preparado para el trabajo. Incluso hoy, siendo presidenta de una empresa que no ha experimentado crecimiento en ventas ni en participación de mercado en los últimos cuatro años. Pero repito, esto es culpa mía, no tuya, porque te fallé."

De nuevo, la señora Willerton recupera el aliento, se detiene y mira a su alrededor.

Todos, incluido yo, estamos en estado de shock. Papá nuevamente está en su mejor momento.

Arrogante, exigente, difamatorio y degradante a su alrededor. No había llegado mi turno, pero no esperaba nada de él, así que no me preocupé.

La señorita Willerton continúa: "A mi hijo menor, Joseph, le debo mucho. Realmente nunca lo aprecié. Su calidez, su risa, su forma de hacer preguntas que me alegran el día. Nunca te dije lo feliz que me hacías. No esperabas nada de mí y siempre me diste el 100% de ti. Cuando me pediste un préstamo para comprar tu propia casa, se lo di pensando que no me devolverían ni un céntimo y, sin embargo, me reembolsaron todos los fondos e incluso se incluyó un pequeño pago de intereses." "Joseph, me sorprendiste cuando decidiste que trabajar en un trabajo cómodo para una de las empresas de tu padre" no era para ti. Te diriges a las duras calles de la capital de Guam para hacer obra misional.

Nunca pides dinero para ayudarte con tu trabajo y, sin embargo, en toda esa miseria que viste, todavía recuerdas mi cumpleaños y me enviaste una pequeña nota. Fueron muy apreciados porque los conservé todos."

La señora Willerton se detiene porque tiene un momento de asfixia. Debo admitir que estoy sorprendido por las palabras de papá. Entonces, él se fijó en mí a lo largo de los años, pero no pudo demostrarlo mucho. Bueno, eso estuvo bien, porque siempre lo amé, con defectos y todo, como dicen.

La señorita Willerton aclara su garganta y comienza de nuevo: "Así que permítanme abordar el punto que todos están esperando. La división de todas mis posesiones mundiales. En primer lugar, todos los puestos de trabajo en todas mis empresas ocupados por mi exesposa, mi hijo Seth, mi hija Abigail, mi hermano Robert y mi hermana Beth serán terminados de inmediato. Se aplicarán todas las cláusulas de rescisión del contrato y la firma de abogados de Creston, Robertson, Abbott y Paulson desembolsará la suma que se muestra en el testamento al final del día. Los aviones en los que llegaron los llevarán de regreso a sus hogares y allí, representantes de la mencionada firma estarán esperando para que recojan sus pertenencias. Al final del día, deberán abandonar sus hogares."

La conmoción fue increíble. Se oían gritos, llantos en varios crescendos. Las blasfemias volaban como frisbees en un parque y todas dirigidas a mi difunto papá. Entonces de repente se hace el silencio cuando Seth dijo: "Espera, ¿qué pasa con Joseph? ¿Qué obtiene?"

La señorita Willerton dice que quedan dos párrafos por leer y los lee: "A Joseph, le dejo la vieja silla destartalada que construimos juntos. La silla en la que ninguno de ustedes se sentó porque era vieja, destartalada y sin valor. La silla que sabía que mi hijo menor vería y se sentaría en ella".

"Joseph, te dejo la presidencia, el liderazgo y la propiedad de todas mis empresas, todas las propiedades, todos los fondos en cuentas bancarias y la propiedad conocida como Elstone Manor. Ponlo todo en práctica de forma eficaz. Amo a papá,"

La erupción fue más intensa que la primera conmoción generada por la lectura inicial. Declaraciones como: "Te demandaremos, Joseph. No puedes salirte con la tuya. ¿Cómo pudiste envenenar a papá contra nosotros? ¿Qué le dijiste a papá sobre nosotros? Soy tu madre, Joseph, ¿acaso no cuidarás de mí?" y así sucesivamente, continuaron durante unos minutos más.

Lo único que pude hacer fue levantarme, y entonces todo quedó en silencio.

Tomé la silla desvencijada que mi papá y yo habíamos hecho y salí de la habitación, dejando atrás Elstone Manor. Con la silla en el asiento trasero de la limusina, me dirigí al conductor y le pedí: "Por favor, llévanos a mí y a mi papá al aeropuerto. Asegúrate de avisar al piloto con anticipación para que nos espere en la sede de Sídney y podamos recoger la silla. Además, tengo trabajo que hacer."

LA GRAN BATALLA

La clave para ganar una batalla se compone de muchas estrategias y esta batalla se ganó con el conocimiento de seis de ellas: asegúrese de que su cadena de suministro está lista, elige tus batallas, golpéalas donde más te duele, abruma con velocidad y rapidez, segmenta tus fuerzas y niégales un objetivo.

Todo comenzó de forma bastante inofensiva. Jacinto González estaba jugando canicas con Randy MacFarlane el martes por la tarde después de la escuela. Era una tarde de primavera, y la helada invernal que había azotado el Hogar para Niños St. Michael en Rayburn, Georgia, todavía endurecía el suelo en 1962. La arcilla roja de Georgia siempre es dura, pero esta tarde parecía estar especialmente rígida, lo que la hacía ideal para un rápido juego de canicas en el patio.

Ring Marble es un juego aparentemente sencillo, pero con reglas complicadas debido a las numerosas variaciones que existen. Sin embargo, la esencia del juego es la misma:

crear un círculo grande, generalmente de al menos dos metros de diámetro, donde cada jugador coloca sus cuarenta y nueve canicas pequeñas, preferiblemente de colores distintos. Cada jugador también tiene una canica más grande, conocida como "Tolley", que se utiliza para empujar las canicas del oponente fuera del círculo. Cada canica que se empuja cuenta como un punto, y si se empuja una propia, el oponente obtiene el punto. El jugador que tenga más canicas al final gana y se queda con todas las canicas.

Es un juego que se aprende fácilmente, pero dominarlo requiere mucha práctica. En esa tarde, mi amigo Jacinto estaba siendo presionado por Randy, quien tenía mucha experiencia en el juego. Pronto, Jacinto se encontró con solo diez canicas restantes. Un grupo de otros chicos amigos de Randy se había congregado alrededor de ellos, vitoreando cada vez que Randy empujaba una canica fuera del ring y burlándose de Jacinto cuando fallaba un tiro. Esta presión adicional no hizo más que afectar a Jacinto, quien se desmoralizó y finalmente perdió el partido.

Después de su victoria, Randy humilló aún más a Jacinto al provocarlo a una pelea de puñetazos, que Randy también ganó debido a su gran tamaño.

Jacinto, sangrando por la nariz, magullado y desmoralizado, se tumbó en la arcilla roja por un rato y cuando las voces de Randy y sus compañeros se escucharon a lo lejos,

Jacinto se levantó y corrió hacia el granero donde un par de sus amigos, incluido yo, estaban haciendo algunas tareas adicionales.

Jacinto era uno de los doce niños cubanos que vivían en el orfanato, cortesía de la iniciativa “Pedro Pan”. La operación “Pedro Pan” o “Peter Pan” fue un éxodo masivo clandestino instigado por Estados Unidos de más de 14,000 menores cubanos no acompañados de edades comprendidas entre 6 y 18 años hacia Estados Unidos durante un lapso de dos años, desde 1960 hasta 1962.

Nuestros padres, alarmados por los rumores infundados que circulaban entre las familias cubanas, nos despidieron pensando que el nuevo gobierno de Castro planeaba acabar con la patria potestad y colocar a los menores en centros de adoctrinamiento comunista en la URSS.

Jacinto nos explicó lo que había sucedido, y todos escuchamos atentamente su relato. Pude percibir que los amigos de Jacinto estaban ansiosos por confrontar la situación, pero había tres problemas evidentes que parecían pasar desapercibidos para ellos.

El primer problema era que Randy y sus amigos eran los niños mayores del orfanato, lo que significaba que no solo tenían más peso y tamaño, sino también más músculos. En segundo lugar, eran más numerosos que nosotros (solo éramos doce). Y, por último, éramos los "novatos" en el orfanato y no habíamos tenido la oportunidad de establecer vínculos con los otros niños para que se convirtieran en nuestros aliados.

Jacinto continuó expresando sus preocupaciones, y mientras escuchaba su relato, me di cuenta de que necesitábamos un plan para nivelar el campo de juego con Randy y sus amigos. Decidimos utilizar estrategias de batalla conocidas: golpearíamos donde más les doliera, los abrumaríamos con velocidad y agilidad, segmentaríamos nuestras fuerzas, elegiríamos nuestra batalla y les negaríamos un objetivo claro. Pero antes de todo eso, necesitábamos asegurarnos de tener las municiones necesarias, es decir, establecer una cadena de suministro. Y yo sabía exactamente quién podría ayudarnos: Alberto.

Alberto era uno de los chicos cubanos más pequeños de nuestro grupo, pero era un tipo astuto y si había algo que podía hacer muy bien era que jugaba un mal juego de canicas. Alberto ya había acumulado todas las canicas de los niños cubanos, incluida la mía, pero como era mucho más pequeño que el resto de nosotros, no se mezclaba con los demás niños del orfanato. Esto estaba a punto de cambiar.

Desarrollamos un plan cuidadoso en el que Alberto, con otros tres niños cubanos, desafiaría a otro niño a un desafío de canicas. Como era de esperar, Alberto ganó. Continuamos con este plan hasta que Alberto ganó todas las canicas del orfanato excepto las que tenían Randy y sus amigos. Nunca los contamos, pero al final de todos los juegos teníamos tres cubos de tamaño mediano llenos de canicas hasta arriba. Teníamos nuestras municiones.

A continuación, elegimos nuestra batalla.

El plan era esperar hasta que concluyeran las oraciones de la noche. La monja de guardia recorrió el dormitorio y esperamos hasta que apagó las luces. Con las luces apagadas, de debajo de las camas sacamos y colocamos sobre nuestras cabezas los cascos de parrilla que habíamos cogido de la sala de juegos, proporcionándonos así la protección que tanto necesitamos. Nos reunimos al final del dormitorio y, lo más silenciosos posible, comenzamos a poner de lado los colchones, las almohadas, los somieres, todo. La barricada está levantada y esto garantiza que no seamos un blanco fácil. Luego segmentamos nuestras fuerzas en tres grupos de cuatro, cada uno con su propio cubo de canicas. Ahora viene la estrategia definitiva.

Le hemos dado a Jacinto el honor de declarar abierta la batalla. Se para sobre un somier y grita a todo pulmón; "¡Guerra!"

Con el grito implementamos la estrategia definitiva: abrumarlos con velocidad y rapidez mientras una ráfaga de canicas comienza a volar desde tres puntos de ventaja diferentes.

Randy y sus amigos estaban completamente desprevenidos ante lo que estaba sucediendo, aparte del hecho de que las canicas volaban y muchas alcanzaban sus objetivos. Cabezas, brazos, pechos; prácticamente todos éramos un blanco fácil, especialmente porque el grito de Jacinto había sacado a todos los niños de sus camas y, de pie incluso en la sombra de la noche, nos convertimos en objetivos fáciles.

Fue entonces cuando Randy y sus compañeros se dieron cuenta de la situación y de inmediato comenzaron a voltear sus camas para cubrirse, y se agacharon para recoger la mayor cantidad de canicas posible para devolver el fuego.

Ahora ambos bandos se estaban disparando el uno al otro.

Algunos disparos se desviaron, golpeando a chicos con los que no teníamos intención de pelear, pero esas son las bajas de guerra, ¿verdad? Daños colaterales, supongo que se llama. Los golpes de mármol de Moore caían sobre imágenes de santos, crucifijos, jarrones de flores y ventanas, causando un desastroso estallido de vidrio, porcelana y astillas de madera esparcidas por todas partes. Sin embargo, no nos importaba; seguimos lanzando nuestras canicas y alcanzando nuestros objetivos.

Parecía que la gran batalla duraba para siempre, pero fueron sólo unos minutos porque las luces se encendieron y varias de las monjas entraron corriendo al dormitorio gritándonos a todos que nos detuviéramos y tirando de los niños de izquierda a derecha.

Con las luces encendidas, evaluamos los daños.

Varios de los compañeros de Randy tenían bultos en la frente. Algunos lloraban, pero todos estaban en shock. El dormitorio era un desastre y la madre superiora dio instrucciones a Randy, sus amigos y los doce niños cubanos durante el resto de la tarde para que limpiaran, recogieran los escombros, y luego nos quedamos en silencio en dos filas hasta el amanecer.

Esto no nos desconcertó, porque dos cosas ocurrieron en la noche de la gran batalla.

Nos ganamos el respeto.

Nadie volvió a meterse con Jacinto.

EL GRAN ESCAPE

El director recorrió las filas de camas individuales, cada una ocupada por los pequeños cuerpos de los internos. Giraba sus cuentas, produciendo un tintineo singular que resonaba en el silencio del dormitorio. Aunque el sonido era distintivo, mi atención estaba completamente centrada en ella y en sus colegas, observando cómo se comportaban en la noche mientras sus ropas oscuras se fundían con las monótonas paredes grises del dormitorio.

Era un recuento rutinario, una práctica que siempre se llevaba a cabo por la noche para asegurarse de que todos estuviéramos presentes. Cualquier ausencia habría activado la alarma, encendiendo las luces y alineando a los internos frente a sus camas para el recuento. Pero esta noche, todos los internos estaban presentes y contabilizados.

Había sido testigo del desarrollo de la rutina durante los meses que había vivido en el Hogar para Niños St. Joseph en Rayburn, Georgia. Mis compatriotas y yo llegamos aquí en febrero de 1962, en pleno invierno, y a pesar de nuestros esfuerzos, no logramos adaptarnos a los rigores de la rutina impuesta por la directora y sus colegas.

Junto con otros once muchachos cubanos, formaba parte de la operación "Pedro Pan". Esta operación, también conocida como "Peter Pan", fue un éxodo masivo clandestino instigado por Estados Unidos que llevó a más de 14.000 menores cubanos no acompañados, con edades comprendidas entre los 6 y los 18 años, a Estados Unidos durante un período de dos años, entre 1960 y 1962.

Nuestros padres, alarmados por la situación, se vieron obligados a tomar decisiones difíciles. Entre las familias cubanas circulaban rumores infundados de que el nuevo gobierno de Castro estaba planeando poner fin a la patria potestad y colocar a los menores en centros de adoctrinamiento comunista en la URSS.

Esta operación implicaba que, una vez ingresados en el orfanato, nos levantábamos a las 4 de la mañana todos los días para asistir a la misa matutina, la cual comenzaba a las 5 y se prolongaba durante una hora. Seguidamente, tomábamos un desayuno rápido seguido de un breve descanso antes de dar inicio a las clases a las 7 de la mañana, las cuales se extendían hasta las 3 de la tarde. Posteriormente, nos dedicábamos al trabajo y a cumplir con algunas labores agrícolas que nos habían sido asignadas. La cena se servía a las 6 de la tarde, seguida de tiempo para estudiar, y finalmente nos íbamos a dormir a las 8 de la noche. Este ritmo se repetía día tras día, con mínimas variaciones los sábados y domingos, pero siempre con la misa matutina a las 5 de la mañana.

A mí, más bien a nosotros, nos dijeron que viviríamos en "la casa de un hombre rico en Rayburn, Georgia", pero resultó ser un orfanato. Mentiras desde el primer día y torturas sin parar, o eso nos pareció a nosotros.

Mientras me recostaba en mi cama, observando la sombría figura pasar, esbocé una sonrisa, consciente de que en la mañana todo cambiaría. Mañana sábado, mis compatriotas y yo nos liberaríamos de esta locura. Habíamos planeado meticulosamente nuestra fuga con los escasos recursos a nuestro alcance. Utilizando un antiguo mapa de Rand-McNally que encontramos en una caja polvorienta, trazamos una ruta de escape desde Rayburn, Georgia, hasta la capital del estado, Atlanta. Desde allí, nos dirigiríamos a Miami, Florida, y finalmente regresaríamos con nuestros padres en La Habana, Cuba. La noche del viernes, todos estábamos ansiosos, emocionados y listos para comenzar el sábado. Seguí pensando en nuestra gran hazaña hasta que me sumergí en el mundo de los sueños esa noche.

La rutina del sábado no varió. Nos levantamos a las 4 a.m., asistimos a la misa matutina a las 5 a.m., tomamos un desayuno rápido y realizamos nuestras tareas matutinas con un breve descanso antes del almuerzo al mediodía. Después del almuerzo y la limpieza, nos reunimos en el punto de encuentro acordado. Esperaba a doce compañeros, incluyéndome a mí, pero solo aparecieron diez.

"¿Dónde están Pedro y Miquel?" pregunté.

"Lo siento, no están seguros de querer venir", respondió Pablo con una mirada melancólica.

"Está bien", dije, "vamos hasta el punto de partida al final de la propiedad, donde no nos verán. ¿Todos trajeron sus cosas?" Pregunté, recibiendo gestos de afirmación y semblantes sombríos.

"¿Qué está mal?" Casi grité.

"José", intervino Alberto, "algunos de nosotros hemos estado reconsiderando si esto es realmente una buena idea. Miami está muy lejos y tendremos hambre. Por eso, Tomás, Pascual, Gilberto, Jacinto y yo queríamos informarte que hemos cambiado de opinión y que deseábamos comunicártelo".

Me quedé atónito. Me sentí abandonado, pero sabía que iba a ser una propuesta arriesgada, así que no me sorprendió. "Entiendo. Sin resentimientos." Y asentí y les hice un gesto al resto para que me siguieran.

Caminamos en silencio hasta el punto de partida los cinco: Pablo, Jaime, Daniel, Humberto y yo. No estaba seguro de lo que iba a pasar cuando llegáramos al punto de partida, pero sabía que estaba decidido a llegar a Miami y luego a La Habana y esperaba que el resto de mis compatriotas sintieran lo mismo.

Al llegar al punto de partida al final de la propie-dad, pudimos ver el camino y saqué el mapa. "Ahí está la ruta 44 del estado de Georgia. Todo lo que tenemos que hacer es ir hacia el oeste, hacia Atlanta. ¿Estás listo?" Pregunto, doblando el mapa y guardándolo en mi bolsillo trasero.

Los cinco restantes nos quedamos en círculo por un momento hasta que Pablo habló; "José", no puedo hacer esto. Tengo miedo de que las monjas se enfaden y nos castiguen más." Mientras se da vuelta y comienza a regresar hacia la casa. "¿Alguien más?" Miro a mi alrededor y veo los rostros de jóvenes aterrorizados. "Está bien, vete, pero no les digas hacia dónde me dirijo". Y el grupo restante corrió detrás de Pablo, dejándome con la vista fija en la ruta 44 del estado de Georgia.

Mientras sus figuras parecen más pequeñas en la distancia, tomo una gran bocanada de aire y empiezo a correr hacia el oeste. Y lo hice; Debí haber corrido durante más de treinta minutos hasta que sentí que había puesto suficiente distancia entre mí y la casa para poder relajarme y reducir la velocidad para caminar.

Caminar y buscar cualquier tipo de señal que indicara qué tan lejos había avanzado resultó ser más desafiante de lo que esperaba. Sin embargo, eventualmente avisté un letrero que anunciaba "Unión Point: 20 millas". Sacando el mapa, localicé el lugar y noté que, al menos en el mapa, parecía estar relativamente cerca. Esta revelación me emocionó, pues al observar el mapa, me di cuenta de que desde Unión Point hasta Atlanta solo había una distancia de cuatro pulgadas. Estaba seguro de que llegaría allí antes de que cayera la noche.

Continuando mi viaje, comencé a consumir mis suministros, una manzana, un plátano y una lata caliente de Coca-Cola y sabía que debería haber empacado más, pero estaba seguro de que pronto estaría en Unión Point y podría pedirle comida a alguien.

Después de horas de caminata, divisé un pequeño cartel que me daba la bienvenida a Unión Point. A la izquierda de la carretera, avisté un extenso cementerio y más adelante, en Unión Point, vi una estación de gasolina, una tienda de comestibles y una delicatessen. Me dirigí directamente allí, consciente de que, incluso con mi limitado conocimiento del inglés, entendía que "supermercado" significaba comida.

La parada en Unión Point para gasolina, comestibles y delicatessen resultó ser una tienda sorprendentemente pequeña. Aunque había una bomba de gasolina afuera, el interior estaba cálido y acogedor. Me acerqué al anciano detrás del mostrador. Aunque me hizo varias preguntas, opté por guardar silencio y simplemente señalar las bolsas de patatas fritas y las latas de Coca-Cola. Pareció captar mi mensaje, ya que en poco tiempo me entregó un par de bolsas de patatas fritas y una lata de Coca-Cola. Sonreí con agradecimiento, abrí una bolsa de patatas y empecé a devorarlas mientras disfrutaba sorbos de la refrescante y fría Coca-Cola.

Cautivado por las patatas fritas y la Coca-Cola, no me di cuenta de que el anciano iba a la parte trasera de la tienda y hacía una llamada.

Terminando la segunda bolsa de papas fritas y eructando el último trago de Coca-Cola, estaba listo para continuar mi viaje cuando, por la puerta principal, entró el hombre más grande que había visto en mi vida. Tenía que medir dos metros y medio de altura, pensé. Vestía uniforme y gorra de oficial de policía, camina directamente hacia mí y comienza a hacerme preguntas.

Como el método del silencio funcionó con el anciano, pensé en hacer lo mismo y señalar la puerta principal. El policía sonrió, asintió con la cabeza al anciano, tomó mi mano, que desapareció dentro de la suya, y salimos.

Esperando afuera, relucía la patrulla policial más llamativa que había visto en todo el estado de Georgia. Me colocaron en el asiento delantero y partimos en la misma dirección de la que acababa de venir. Había sido arrestado y mi rostro probablemente reflejaba mi decepción, porque el imponente policía estatal sonrió y me indicó que empujara un interruptor hacia arriba, lo cual hice de inmediato.

Las luces azules comenzaron a parpadear y la sirena se activó, y entre risas, tanto yo como el policía estatal nos dirigimos de regreso a casa, poniendo fin a mi gran escape.

EL TRABAJO MÁS INUSUAL QUE HE TENIDO

El día empezó como la mayoría de los días invernales en Georgia: sombrío, húmedo y envuelto en bruma, simplemente desalentador. Había pasado algunos de mis años formativos en un orfanato.

Vivir en Rayburn, Georgia, marcó una época interesante en mi juventud. Las monjas a cargo del orfanato eran guardianas compasivas que, en su mayoría, intentaban guiar a jóvenes sin experiencia de vida, o al menos eso pensaba.

Más de cien niños estaban alojados en el Hogar para Niños St. Michaels, y la mayoría de ellos enfrentaban algún tipo de desafío emocional o físico. De alguna manera, acabé en medio de este caos. ¿Cómo llegué aquí?, podrías preguntarte.

La respuesta es el comunismo.

La operación "Pedro Pan" o "Peter Pan" fue un éxodo masivo clandestino instigado por Estados Unidos, que llevó a más de 14,000 menores cubanos no acompañados, de entre 6 y 18 años, a Estados Unidos durante un período de dos años, entre 1960 y 1962. Nuestros padres, alarmados por rumores infundados que circulaban entre las familias cubanas, temían que el nuevo gobierno de Castro intentara usurpar la patria potestad y colocar a los menores en centros de adoctrinamiento comunista en la URSS. Pero esa es otra historia para otro momento. Esta historia trata sobre el trabajo más inusual que he tenido en el orfanato.

La mayoría de los chicos tenían sus rutinas habituales.

Hacer nuestras camas, limpiar los pasillos, quitar el polvo, pulir los bancos de la capilla, lavar y secar los platos en la cocina. Cuidar de varios animales en la granja; vacas, ovejas, toros, gallinas. Lo que sea, los teníamos. Todos los trabajos mundanos típicos excepto una vez al mes. Una vez al mes íbamos de viaje.

Nos gustó el viaje en sí, eso sí. Salimos del mausoleo de ladrillo rojo que era nuestro hogar y pudimos ver el "mundo exterior", lo cual fue un verdadero placer. Lo que temíamos era adónde nos llevaría el autobús, porque sabíamos que iba a ser horrible.

Con frecuencia visitábamos las residencias de ancianos para cantarles.

Otras veces visitamos centros de rescate de animales y ayudamos a limpiar las jaulas de perros, gatos y pájaros y muchas veces ni siquiera pudimos acariciar a los cachorros o gatitos.

Hoy estábamos seguros de que sería otra sorpresa, pero sabíamos que no sería buena. Nunca lo era.

Mientras recorríamos la Ruta 78 de Georgia, la lluvia persistente nos recordaba que el día no nos sonreiría. Cruzábamos caminos rurales secundarios y pasábamos por innumerables granjas apartadas de la carretera principal, conectadas por largos senderos de grava que conducían a antiguas granjas o graneros. Todos parecían desolados, sin vida, y aun así continuábamos conduciendo, sintiendo que habían transcurrido horas, aunque en realidad solo habían pasado cuarenta minutos de viaje.

Después de girar hacia uno de esos senderos de gravilla que se desprenden de la Ruta 78, el autobús comenzó a sacudirse, golpeteando sus ruedas con cada bache y bulto, hasta que finalmente llegamos a lo que parecía ser una antigua capilla de madera, con un cementerio cercano.

La hermana Francesca, quien dirigía el autobús, agarró el picaporte y abrió la puerta, mientras que la otra monja, la hermana María Magdalena, que estaba sentada en la parte delantera, se puso de pie y anunció: "Niños, hemos llegado. Por favor, bajen del autobús." En ese momento, muchos de nosotros temimos lo peor, imaginando que nos dejarían abandonados en el cementerio, una preocupación que compartían muchos otros jóvenes en situaciones similares.

Una vez que bajamos del autobús, Sor María Magdalena nos condujo hasta la capilla y, sacando una llave, abre la puerta. La antigua puerta se abre con un chirrido y entramos en la capilla. Hacia lo desconocido, pensé.

“Niños”, dijo Sor María Magdalena, “vamos a pasar la mañana limpiando la capilla y el cementerio. La hermana Francesca llevará a algunos de ustedes al cementerio y les dirá lo que hay que hacer allí. El resto se quedará aquí conmigo y limpiará la capilla.

Entonces ahí estábamos, doce muchachos cubanos de la operación “Pedro Pan” esperando a ser elegidos. Veinticuatro ojos se movieron de izquierda a derecha, examinando la antigua capilla en busca de una salida, pero no se veía ninguna. Necesitábamos un plan de escape, pero no teníamos ninguno. Habría uno más tarde, pero repito, esa es otra historia para otro momento.

La capilla era diminuta, con solo diez bancos dispuestos en cinco a cada lado, dejando un pasillo central por donde el sacerdote caminaba para celebrar la misa. Nos encontrábamos allí de pie, como patos en una galería de tiro, esperando ser seleccionados para limpiar la capilla o el cementerio.

Cruzando los dedos, aguardaba con la esperanza de ser elegido por las monjas para realizar la limpieza de la capilla.

Debería haber rezado, porque en lugar de limpiar la capilla, fui elegido para encargarme del cementerio.

Las monjas llevaron a seis de nosotros, desafortunados niños, al cementerio, cada uno con un balde lleno de agua, esponjas y cepillos, bajo la dirección de la hermana Francesca.

El cementerio emanaba una atmósfera de antigüedad.

La mayoría de las lápidas estaban rotas, inclinadas o casi completamente derrumbadas. Muchas estaban cubiertas de kudzu, enredándose alrededor de ellas. Las fechas en la mayoría eran ilegibles, pero en algunas se podían distinguir: "Mary Boswell - 1835-1852", "Matthew Carmichael - 1840-1899".

Era un lugar desolador.

Algunos de los niños comenzaron a sentirse un poco mal mientras lavaban las lápidas. A duras penas mantuve la compostura mientras me acercaba a la tumba que debía cuidar: "Walter Buchanan 1812-1850".

La lápida estaba inclinada, así que antes de empezar a limpiarla, la hermana Francesca me indicó que la enderezara. Me posicioné frente a la lápida y agarré la piedra con ambas manos. Con lo que creí era una fuerza hercúlea, logré cambiar la posición de la piedra de inclinada a vertical.

Sin embargo, este movimiento repentino provocó que la tierra bajo mis pies cediera, y caí aproximadamente un metro mientras aún sostenía la lápida.

En ese preciso instante, creo que descubrí cómo volar, porque el siguiente recuerdo que tengo es estar encogido de miedo dentro del autobús, negándome a abandonar la seguridad de esos viejos asientos mientras la hermana Francesca me instaba a bajar del autobús.

Han pasado muchos años y ningún trabajo, ya sea remunerado o no, se ha acercado siquiera a ser tan inusual como este.

LA FOTOGRAFÍA

Durante todo el año 2020, hasta la fecha, he experimentado un período sin precedentes debido a la crisis mundial del COVID-19. Esta pandemia ha transformado mi vida diaria de manera significativa, obligándome a adaptarme a lo que ahora se considera la "nueva normalidad". Al igual que millones de personas en todo el mundo, me vi enfrentado a cambios drásticos en mi rutina y tuve que encontrar formas de sobrevivir y prosperar en medio de la incertidumbre.

Entre las muchas adaptaciones que tuve que hacer, una de las más significativas fue el redescubrimiento de fotografías antiguas que habían estado almacenadas en cajas de zapatos durante años. A diferencia de lo que sería sensato, nunca había organizado estas fotografías después de revelarlas, ni las había colocado cuidadosamente en álbumes con notas que detallaran los momentos especiales de mi vida. Este descuido se hizo evidente cuando me enfrenté a una tarea abrumadora al tratar de ordenar las imágenes, algunas de las cuales se remontaban al verano de 1963. Entre ellas, encontré una fotografía particularmente intrigante: una instantánea de los siete "aurigas".

Durante mi último verano completo en el Hogar para Niños St. Michaels en Rayburn, Georgia, recordé con claridad cómo llegué allí gracias a la operación "Pedro Pan". Esta iniciativa clandestina fue parte de un éxodo masivo de más de 14.000 menores cubanos no acompañados, de entre 6 y 18 años, hacia Estados Unidos durante un período de dos años, entre 1960 y 1962. La incertidumbre y el miedo se apoderaron de nuestras familias ante los rumores infundados sobre el nuevo gobierno de Castro y sus presuntas intenciones de poner fin a la patria potestad, enviando a los menores a centros de adoctrinamiento comunista en la URSS.

En febrero de 1962, un grupo de jóvenes cubanos, incluido yo mismo, fuimos confiados al cuidado de las monjas que dirigían el orfanato, que se convirtió en mi hogar hasta el verano de 1964. Sin embargo, la fotografía que encontré evocaba una escena del verano de 1963, capturando la esencia de aquellos tiempos.

El verano, para adolescentes de todas las edades, era un período crucial que exigía mantenernos ocupados. De lo contrario, nuestras mentes podrían aventurarse hacia caminos peligrosos y desastrosos, aunque en ese momento tales ideas nos parecieran espléndidas en retrospectiva.

Nuestras mentes estaban ociosas, por eso concebimos y actuamos pensamientos peligrosos.

En 1959, la película "Ben-Hur" se convirtió en un fenómeno de taquilla. La trama giraba en torno a Judá Ben-Hur, un noble judío injustamente acusado y esclavizado por los romanos tras ser condenado por un intento de asesinato del gobernador romano de Judea. Uno de los momentos más memorables de la película fue la emocionante carrera de carros, una secuencia de acción que se ha convertido en un hito del cine.

Inspirados por esta épica escena, nosotros, los jóvenes de la época, nos propusimos recrearla utilizando nuestras bicicletas como carros. Para darle autenticidad a la competencia, improvisamos añadiendo cuchillas de afeitar Gillette de doble filo a los radios de las bicicletas. Nuestro único propósito era perforar los neumáticos de los competidores y deshabilitar sus "carros" durante la carrera. Era impresionante ver cómo las cuchillas brillaban bajo el sol del mediodía mientras competíamos con pasión y emoción.

El recorrido era sencillo y tenía la mejor forma circular, lo mejor que pudimos hacer en el área en la que podíamos andar en bicicleta lejos de las miradas indiscretas de las monjas. Para que la carrera fuera interesante, pusimos algunos obstáculos en medio del hipódromo (carretillas viejas, sillas) cualquier cosa que hiciera la vida más interesante, o eso pensábamos.

Teníamos ocho bicicletas preparadas y todas ellas tenían al menos seis palas de doble filo en los neumáticos delanteros y traseros, por lo que ocho jóvenes aurigas tomaron su posición mientras los otros cuatro monitoreaban la carrera y vigilaban a las monjas. Los otros cuatro chicos (Pedro, Juan, Carlos y Miguel) tenían sus propias responsabilidades con el contador de vueltas (Pedro) y el director de la carrera de obstáculos (Juan). fotógrafo (Carlos) y vigía, Miguel.

La carrera comenzó y fue emocionante y aburrida al mismo tiempo. La emoción fueron los numerosos intentos de intentar pinchar los neumáticos de las bicicletas del oponente mientras el aburrimiento no veía éxito por parte de ninguno de los aurigas.

La carrera es de diez vueltas (la película tenía nueve) pero pensamos que diez sería un número mejor y además tenemos diez dedos, así que es más fácil contar las vueltas. Entonces, durante las primeras siete vueltas no pasa nada, pero al comienzo de la vuelta número ocho, Alberto hace un rápido viraje hacia el neumático trasero de Mateo y falla. En lugar de pinchar el neumático trasero, Alberto golpeó la pierna izquierda de Mateo y un trozo de su pantorrilla se desprendió con una cascada de sangre corriendo por la pierna de Mateo.

El pánico se apoderó de todos cuando Mateo soltó un grito desgarrador, seguido por un silencio tenso interrumpido solo por sus propios gemidos de dolor. La escena se volvió aún más caótica cuando Mateo, con la mirada de horror reflejada en su rostro, descubrió su pierna izquierda empapada en sangre.

Miguel, quien observaba desde el puesto más alejado, fue testigo de la tragedia y, sin dudarlo, se lanzó hacia la casa en busca de ayuda. Su destino era claro: buscar a la hermana Francis, la monja principal, cuya presencia calmante y experiencia eran nuestra única esperanza en momentos de crisis.

Sor Francis, Sor Magdalena y Sor Alberta corrieron hacia nosotros como pingüinos salvajes, su determinación y rapidez en acción fueron impresionantes. Rápidamente asistieron a Mateo, aplicando una compresión rápida en su pierna herida antes de llevarlo con cuidado a la enfermería del hogar para recibir atención médica.

Los niños, aún conmocionados por lo ocurrido, permanecieron en el improvisado hipódromo, observando con preocupación cómo las monjas se llevaban a Mateo hacia la enfermería. La incertidumbre sobre qué acciones tomarían a continuación las monjas llenaba el aire con una tensa anticipación.

Aunque nadie estaba en estado de shock, todos nos preguntábamos qué nos depararía el futuro bajo el cuidado y la dirección de las monjas.

A pesar de la conmoción por lo ocurrido, Francisco irrumpió con una idea sorprendente: "¡Busquemos el trozo de pierna de Mateo como trofeo!". Aunque parecía una ocurrencia extraña, todos nos sumamos a la búsqueda con entusiasmo, impulsados por la emoción del momento.

Entre el polvo y la tierra del improvisado hipódromo, encontramos finalmente el fragmento de la pierna de Mateo, aún ensangrentado y sucio. Sin embargo, en lugar de provocar horror, lo levantamos en alto con una extraña sensación de camaradería.

En ese preciso instante, Miguel inmortalizó la escena con su cámara, capturando no solo la peculiaridad del momento, sino también la esencia de aquellos tiempos en el Hogar para Niños St. Michael. La fotografía, tomada durante la carrera de cuadrigas de 1963, se convirtió en un testigo silencioso de nuestra unión y de los recuerdos compartidos.

"Fueron tiempos felices", suspiramos, ¡rememorando con cariño aquella época llena de aventuras y camaradería en el hogar!

EL VIAJE EN TREN

En esta época del año, tengo esa sensación blanda. Un sentimiento que me hace saber que el verano ha pasado. El otoño está a la vuelta de la esquina y yo estoy listo para ello. Veo las hojas caer de los árboles, como los primeros copos de nieve en Thredbo. Mi esposa y yo iniciamos nuestro viaje en tren durante esta época del año. Nos encanta y este año no es diferente y una vez más; Salimos a las pistas sin ningún objetivo en mente. La razón; es el sonido.

No hay sensación comparable al sonido del tren al partir de una estación. Es el traqueteo inicial que gradualmente aumenta mientras el tren acelera. Luego, se percibe el rugido constante del tren deslizándose sobre los rieles. Cada clic y clac repetitivo mientras las ruedas pasan sobre las juntas de los rieles, creando una sinfonía familiar para los pasajeros.

Click-clacket.
Click-clacket.
Click-clacket.

El sonido puede hacerte dormir si no tienes cuidado.

A medida que el tren avanza con determinación hacia su destino, los sonidos se intensifican, resonando a través de valles y campos a lo largo del camino. El silbido del tren parece una llamada solitaria en la noche, mientras que los frenos chirrían y protestan al reducir la velocidad al acercarse a la estación final.

Aunque otros sonidos se suman a la sinfonía del viaje en tren, quedan eclipsados por la melodía hipnótica que nos envuelve, invitándonos a embarcarnos en este viaje una y otra vez, año tras año.

¿Quién necesita el estrépito de un avión cortando las corrientes de aire?

¿Quién necesita el rugido ensordecedor de un autobús surcando una autopista?

Nos dejamos envolver por la tranquilidad del viaje, esperando pacientemente que ambos nos sumerjamos en el sueño mientras nos arrulla el sonido más reconfortante: el del tren.

Click-clacket.
Click-clacket.
Click-clacket.

EL DE BARBA BLANCA

Llegó el día tan temido y ya no había más excusas que valieran. Había procrastinado, pospuesto y reprogramado esta cita una y otra vez, pero ahora era inevitable. Sentía un nudo en el estómago mientras me enfrentaba al cuidado urgente de mi diente con absceso.

Después de buscar desesperadamente un lugar para estacionar, terminé en el centro comercial Penrith de Westfield, ya que el estacionamiento cerca del consultorio del endodoncista estaba abarrotado. Caminé rápidamente los doce minutos hasta la cita que no podía evitar, con el temido "hombre de la barba blanca".

Aunque su nombre significaba simplemente "el de la barba blanca", en mi mente, lo comparaba más con el infame Dr. Christian Szell, el cruel criminal de guerra nazi de la película "Marathon Man".

Al llegar a la oficina, me sentaron de inmediato en la silla donde se llevaría a cabo el procedimiento, que en mi mente parecía más una tortura que un tratamiento dental. El hombre de la barba blanca se acercó con una sonrisa, y con una tranquilidad desconcertante, simplemente dijo: "Vamos a empezar".

Dos inyecciones rápidas de novocaína parecen hacer el truco con mi mandíbula entumecida y sin preguntar, el de barba blanca se sobresalta. Al igual que en la escena de la película que muestra a Szell torturando a Babe (Dustin Hoffman) con instrumentos dentales y la perforación real del diente de Babe en pantalla, podía sentir el dolor en cada nervio de mi cuerpo.

De repente, una voz me saca de mi ensimismamiento: "Despierta. Ya ha terminado". Abro los ojos y me doy cuenta de que había estado soñando la escena de la película; en realidad, no había sentido ningún dolor durante el procedimiento. El hombre de barba blanca era un profesional excepcional en su trabajo.

Al salir, la recepcionista llama mi nombre y me entrega la factura del procedimiento. Al mirarla, me doy cuenta de que el verdadero horror apenas estaba comenzando...

SIEMPRE HAY EL PRÓXIMO AÑO

Siempre me ha sorprendido cómo muchas de las festividades han sido comercializadas hasta el punto de perder su verdadero significado. La Navidad, la Pascua y otras celebraciones parecen haberse convertido en una exhibición de luces y adornos, donde personajes como Papá Noel y el Conejo de Pascua toman el centro del escenario. Sin embargo, hay una festividad diseñada específicamente para impulsar las ventas: el Día de San Valentín.

Se dice que la historia de San Valentín se remonta a la época del emperador Claudio II, conocido como Claudio el Cruel debido a su gobierno opresivo. Durante su reinado, Claudio enfrentaba dificultades para reclutar soldados para sus guerras, por lo que prohibió el matrimonio entre los soldados romanos, creyendo que los hombres solteros eran más eficaces en la batalla. Esta medida dejó a muchos soldados sin la posibilidad de casarse o comprometerse, ya que preferían quedarse con sus seres queridos en lugar de partir a la guerra.

En este contexto, entra en escena un sacerdote llamado Valentín, quien desafió las órdenes de Claudio y secretamente casó a soldados enamorados antes de su partida al campo de batalla. Cuando Claudio descubrió sus acciones, Valentín fue encarcelado y condenado a muerte por desobedecer al emperador.

En vísperas de su ejecución, según la leyenda, Valentín se encontraba sin tinta ni papel, pero se las arregló para escribir un soneto utilizando la tinta exprimida de violetas, que había sido proporcionada por la hija de su carcelero. La historia continúa diciendo que las palabras de Valentín milagrosamente devolvieron la vista a la hija ciega del carcelero. Sin embargo, esta encantadora narrativa llegó a su fin trágicamente al día siguiente, cuando los verdugos romanos acabaron con la vida del pobre Valentín a golpes.

Pero permíteme compartir contigo lo que realmente sucedió.

El primer Día de San Valentín se remonta al año 496, y fue iniciado por uno de mis antepasados en la antigua Roma. Tadeo Fausto creó la primera nota romántica tallada en granito para su amante, Florentina Valentina. Después de presenciar los efectos positivos de esta nota, Tadeo registró oficialmente el nombre "Día de San Valentín". Desde entonces, esta tradición ha sido una fuente constante de ingresos para mi familia. No estoy seguro de cómo comenzó la confusión con el sacerdote Valentín, pero la verdadera historia del Día de San Valentín se origina en este gesto romántico de mi antepasado.

A lo largo de los siglos, esta celebración ha evolucionado. Las notas talladas en granito fueron reemplazadas por cartas, y en 1415 se introdujeron las primeras tarjetas de San Valentín. Con el tiempo, surgieron los telegramas, el correo electrónico y, por supuesto, las redes sociales como Facebook. Curiosamente, Mark Zuckerberg es un primo lejano. Sin embargo, las tarjetas de San Valentín siguen siendo insustituibles y continúan generando ingresos para mi familia.

Por eso, te agradezco por invertir tu dinero en una linda tarjeta para tu pareja este 14 de febrero de 2020. Desde lo más profundo de las bóvedas de nuestro banco, mi familia te lo agradece.

Y si olvidaste comprar una este año, recuerda: ¡siempre habrá el próximo año!

¿ESE REALMENTE FUE EL CONEJITO DE PASCUA?

La década de 1960 estuvo llena de eventos interesantes, algunos positivos y otros no tanto. Mi esposa siempre me insistía en que recogiera a autoestopistas cuando salíamos a dar una vuelta. Recoger autoestopistas era algo tan común que, si un día no veías a ninguno, parecía que no habías salido en absoluto. Esta era una práctica que seguía, incluso en estos tiempos mucho más extraños.

Recuerdo un día en particular mientras conducíamos por Carrols Road hacia nuestra casa en Menangle, Nueva Gales del Sur. De repente, nos encontramos con un conejo gigante, de unos dos metros de altura, sosteniendo una canasta y haciendo autoestop en medio de la carretera.

Miré a mi esposa y le dije: "Oye, vamos a llevar a este tipo. Apuesto a que se dirige a alguna fiesta de Pascua". Aunque mi esposa sonó la alarma, recordé una antigua enseñanza que sugería que, si veías a alguien necesitado en el camino, debías detenerte para ayudar, según la versión King James de la Biblia.

Reduciendo la velocidad hasta detenerme por completo, giré el vidrio de la ventanilla del conductor para observar mejor al conejito disfrazado. Me quedé impresionado. El traje era de una calidad superior. Estaba seguro de que debía de ser de fabricación australiana, pensé para mí mismo. Una agradable sensación de suavidad en el abrigo me invadió cuando el conejito se acercó a la ventana y apoyó su brazo en el borde.

"¡Amigo, qué alivio que hayas parado! Debes de haber sido el tercer coche que pasa en cinco horas y ninguno se ha detenido. ¡Muchas gracias, amigo!" dijo el conejito grande con un acento peculiar.

Ofreciendo una enorme sonrisa, pregunté: "¿A dónde vas?"

"Espero llegar a la granja Franklin, en dirección a Jenkins Street. ¿No irías por allí, tal vez?" preguntó el conejito grande.

"Sé dónde está, pero creo que Joe Franklin vendió la propiedad hace un tiempo y nadie se ha instalado todavía. ¿Estás seguro de que esa es la dirección que quieres tomar?" pregunté.

"Oh sí. Recibí un correo electrónico diciendo que deberíamos reunirnos todos allí esta semana para discutir nuestros planes para la Pascua", respondió el conejito en tono serio.

Mi esposa me dio un codazo, mostrando que pensaba que algo sospechoso o extraño estaba sucediendo con este individuo y que deberíamos irnos.

Mirando al gran conejito y tomando nota del empujón de mi esposa, le pregunté: "No eres un hippie drogado y despistado que solo espera fumar un buen cigarrillo en la finca vacía de Franklin, ¿verdad?"

"No señor, estaría equivocado en su percepción de mí", respondió el conejito grande.

Estaba satisfecho con la respuesta. Hice un gesto con la cabeza a mi esposa para que se mantuviera en silencio y le dije: "Entonces, sube a bordo. La granja Franklin no está lejos y no me importa llevarte". Cuando el conejito grande se acomodó en el asiento trasero, tuvo que doblar sus largas orejas de conejo hacia abajo para que cupieran.

Tratando de ser amigable, pregunté: "¿De dónde vienes?"

El gran conejito estaba feliz de responder y comenzó a contar la historia de su familia, que provenía de una antigua estirpe alemana que había inmigrado y se había establecido en Pensilvania, EE. UU., en el siglo XVIII. Sin embargo, a medida que pasaba el tiempo, todos los descendientes emigraron a otras partes del mundo.

Luego pregunté: "¿Qué te trae por aquí?"

"Mi colonia se está reuniendo para discutir la crisis actual de COVID-19 y cómo manejarla durante la temporada de Pascua. Nos hemos reunido en la granja Franklin para intercambiar ideas", respondió el conejito con indiferencia.

Traté de comprender la historia y las respuestas del conejito grande, y me di cuenta de que este tipo era un verdadero lunático.

En ese momento, decidí dirigir mi Holden Cruze hacia la antigua granja Franklin para evitar escuchar más historias extrañas o tener la extraña compañía del conejito por más tiempo.

Cuando llegamos al lugar donde debería haber estado la antigua casa, no encontramos nada más que una cesta amarilla gigante. Tenía fácilmente cuarenta metros de ancho y veinte metros de alto, con una enorme puerta roja.

"Gracias por tu ayuda. No llegaré tarde a nuestra conferencia. Has sido de gran ayuda", dijo el conejito grande al salir del auto.

Mientras se alejaba, el conejito sacó un enorme huevo dorado de su cesta y me lo entregó como muestra de agradecimiento. "Este huevo de oro hará que todas tus futuras celebraciones de Pascua sean muy festivas", dijo antes de desaparecer en la cesta.

Arrancando el auto, le entregué el huevo de oro a mi esposa mientras continuábamos nuestro viaje por la carretera.

Cuando pasan unos minutos le pregunto a mi esposa; "¿Crees que ese fue realmente el conejito de Pascua?"

¡NO PUEDES NOMBREAR ASÍ A TU BEBÉ!

El verano ha llegado a Sídney y es el 12 de diciembre, momento perfecto para presentar a nuestro nuevo bebé a todos nuestros familiares y amigos.

Ha sido un viaje increíble con tensiones en todo el mundo; el mercado sube y baja, pero principalmente baja. La inseguridad de cualquiera de nosotros significaría perder un trabajo, y el gobierno australiano, en su infinita sabiduría, ofrece al público recomendaciones contradictorias sobre cómo vivir nuestras vidas.

No obstante, hemos sobrevivido y ahora nos reunimos aquí hoy para compartir, en este día tan trascendental, el nombre de nuestro hijo.

Nos hemos tomado nuestro tiempo y hemos considerado todas nuestras opciones. Nuestros apellidos ancestrales de ambos lados de la familia son fuertes, viriles y tranquilizadores, así que debemos encontrar un nombre que complemente adecuadamente nuestros apellidos combinados.

La biblioteca nos brindó una variedad de libros sobre nombres, como "Nombres de Bebé Australia-2020", "Los Mejores Nombres de Bebés para Niños", y "Los Mejores Nombres de Bebés para Niñas" (dado que desconocíamos el sexo hasta el día del nacimiento), así que necesitábamos estar preparados. También prestamos atención a "Los Mejores Nombres de Bebés para Niños Judíos" y "Los Mejores Nombres de Bebés para Niños Cristianos". Por diversión, también consultamos "El Libro Moderno de Nombres Musulmanes", ya que la Biblia contiene muchos nombres antiguos. Quién sabe, tal vez podríamos encontrar alguna inspiración.

Pasamos horas revisando cada libro y seleccionando lo que creíamos eran las mejores opciones para nuestro hijo, aún por nacer. A esta presión se suma el hecho de que las sugerencias familiares provinieron de ambos lados de la familia. "El nombre de tu tío abuelo era Bartolomé", nos decían. "Tu tía abuela era Agatha, ya sabes, como en Christie", y así sucesivamente. Nuestra familia nos bombardeó con sugerencias hasta que nos pusimos firmes y les pedimos a todos en ambos lados de la familia que cesaran en ello.

Después de un día de descanso por parte de las familias, las sugerencias comenzaron a llegar de amigos bien intencionados. "Naciste en los años 60, ¡ponle al bebé un nombre hippie genial! ¡Como Amigo, Flor o Elixir!", nos decían. Finalmente, también les dimos a nuestros amigos la severa advertencia de que lo teníamos bajo control.

Entonces, llegó el día y nuestras familias y amigos más cercanos se reunieron alrededor de nuestro salón, esperando con anticipación. Mi esposa tomó la palabra y comenzó el anuncio.

"Queridos familiares y amigos más cercanos, tanto Jengo como yo estamos realmente felices de que se hayan tomado el tiempo para estar aquí hoy y compartir esta ocasión tan especial: el nombre de nuestro primer hijo.

Antes que nada, permítanme agradecerles su presencia y apoyo. Sus sugerencias y buenos deseos han sido muy apreciados en este proceso. Sin embargo, elegir el nombre de nuestro hijo ha sido una decisión profundamente personal para Jengo y para mí. Hemos dedicado una gran cantidad de tiempo y reflexión en encontrar el nombre perfecto, y finalmente lo hemos encontrado.

La elección del nombre fue un proceso significativo y simbólico para nosotros. Estuvo justo frente a nuestros ojos todo el tiempo, pero no lo reconocimos hasta una noche especial. Me gustaría que Jengo compartiera el resto de esta historia con ustedes. Jengo, por favor, continúa."

Me levanto y continúo el discurso preparado: "Gracias, Betlinde. Nuestro matrimonio ha sido una bendición para ambos. Betlinde tiene un fuerte origen alemán, mientras que yo vengo de un orgulloso origen suajili.

Elegir un nombre que pueda transmitir tanto la fuerza como el orgullo de nuestras dos culturas es especialmente importante para nosotros. Creemos que lo hemos hecho con el nombre elegido para acompañar nuestro apellido con guión: Neun-Kijana. Por eso, hoy estamos orgullosos de anunciar el nombre, aquí, a nuestra familia y amigos".

Le hago un gesto a Betlinde para que recoja al niño en la guardería. Pasan unos momentos y la habitación está expectante y sale Betlinde con la niña de piel color caramelo más hermosa que jamás hayas visto desde el principio de los tiempos.

Los hombres aplauden suavemente y las mujeres comienzan a hacer "ohs y ahs" en voz baja para no despertar a la niña.

Betlinde sonríe y me entrega la bebé. Está dormida, tan tranquila en este loco mundo nuestro. Betlinde y yo estamos felices de haber elegido nosotros mismos el primer nombre.

"Mis queridos familiares y amigos", empiezo. "Hoy queremos presentarles a nuestra hija. Tomando el apellido de Betlinde "Neun" que en español se traduce a "mata" y mi apellido "Kijana" que en español se traduce como "todo", les presentamos; Covid Mata Todo.

Se podía oír caer un alfiler antes de que toda la habitación explotara.

Creo que Betlinde y yo no pensamos en este nombramiento del todo.

TU PROPIA ELECCIÓN

A lo largo de mi vida, creo haber aprendido algunas lecciones. No son enseñanzas profundas, sino más bien simples reflexiones que, de tener algún día un hijo, desearía compartir con él, tratando de transmitir algo de sabiduría, al menos eso creo.

En primer lugar, he notado que a menudo nos encontramos con demasiadas preocupaciones y muy poco tiempo para disfrutar de las cosas simples. Como dicen, hay muchas responsabilidades y escasez de momentos para relajarse, como si faltara la cerveza en un bar lleno de mujeres.

Es interesante cómo a veces se nos habla de poetas que supuestamente enriquecen la vida con sus versos, pero al escucharlos, sus palabras a menudo no parecen tener la suficiente armonía. Prefiero ir a un pub, pedir una pinta y luego darme cuenta de que nunca hay tiempo suficiente para disfrutarla plenamente antes de tener que marcharse debido a las obligaciones del día siguiente.

Después te das cuenta de que tu propio padre era bastante desagradable, pero tu perro siempre fue tu mejor amigo.

¿Cómo olvidar que nunca aprendí a nadar? Cada vez que iba al río o al océano, simplemente me quedaba en la orilla mientras la vida pasaba a mi lado. Tenía demasiado miedo para meterme, preocupado de que pudiera ahogarme.

Crecí yendo a la iglesia, pero nunca adopté una religión. ¿Descansaré en paz?

Supongo que la vida es lo que uno hace con ella. Es una elección personal. Y yo la hice.

¿Has hecho tú la tuya?

UN BREVE ENCUENTRO

El momento en que lo vi; Sabía que lo había visto antes. Estaba bailando con mi novia en el salón de baile más famoso de Underground Atlanta.

Dante Down the Hatch está abajo de la escotilla. Girando al ritmo de la mejor música de la época: Dancing Queen, Staying Alive, Don"t Stop Until You Get Enough, diciembre de 1963, Rock and roll de antaño y muchos más. La noche estaba arrasando y entonces lo vi entrar.

Su rostro fue reconocible de inmediato y, sin embargo, ninguna persona se acercó a él ni siquiera le habló cuando entró con dos hermosas mujeres envueltas en sus brazos y caminando tranquilamente hacia la pista de baile.

El chico hace girar a ambas mujeres y comienza a bailar. Tengo que decir que eran los movimientos de baile más horribles que jamás haya visto. Aquí estaba un hombre cuyo rostro había sido proyectado en los carteles de las grandes pantallas de cine, pero se movía en la pista de baile como un pato. Sí, como un pato. Simplemente caminaba de izquierda a derecha, mientras las dos mujeres a veces giraban a su alrededor, agradecidamente, oscureciendo sus terribles movimientos de baile.

El hombre ahora comienza a girar; está tan cerca de mí que choca conmigo y casi me derriba. Me mira y simplemente dice: "Lo siento. ¡Relájate!"

Mientras continúa con su vergonzoso baile disco, me doy cuenta de que Peter Reynolds es mucho más bajo en persona que en la pantalla grande y que yo parezco un gigante en comparación.

Este breve encuentro no significó nada para él, pero para mí fue revelador. Me hizo darme cuenta de que las películas están destinadas verdaderamente a entretener y no a ser objeto de idolatría, como tanta gente tiende a hacer.

Un encuentro tan breve, pero tan impactante. ¿Me pregunto qué aprendería si pudiera entablar una conversación con ese hombre?

UNA GRAN AVENTURA TE ESPERA

Remar en La Habana, Cuba, fue una época maravillosa para mí cuando era un niño de once años. Mis padres tenían una casa en la playa en el suburbio de Miramar, y el Mar Caribe estaba a solo un paso de distancia. Cuando no estaba asistiendo a la escuela en la Academia Belén, donde estudié muchas materias fascinantes, una de las cuales era mi favorita, el inglés. Me encantaba estudiar este idioma porque mi vecino de al lado era de los EE. UU. y parecía estar enamorado de Meredith, lo que me daba un incentivo adicional.

Muchos días, cuando no había clases, nos aventurábamos en las limpias arenas blancas, nos dejábamos caer y nos sentábamos a observar las olas. Mientras mirábamos hacia el horizonte, podíamos ver el contorno de la Tierra y nos burlábamos de las antiguas civilizaciones que creían que la Tierra era plana y que, si navegábamos lo suficientemente lejos, nos caeríamos de la faz de la Tierra.

Sentado allí, me imaginaba viviendo para siempre en esta hermosa parte de Cuba. Me repetía a mí mismo: "Esto es el paraíso". Sin embargo, este paraíso llegó a su fin en enero de

1959, cuando la Revolución Cubana trastornó las vidas de muchos de mis compatriotas y Meredith se fue para regresar a los Estados Unidos. Un año después, mis padres decidieron que era necesario dejar atrás mi vida actual y me enviaron a vivir con un tío lejano y su esposa en un pequeño pueblo llamado Waggalillibon en Australia.

"Australia", les dije, "está en el fin del mundo". Tal vez después de todo me caiga del borde de la Tierra, pensé. Me dieron una carta que debía entregarle a mi tío y me dijeron que un hombre me esperaría en el aeropuerto. Para llevarme con mi tío.

Llegar a Australia sería un viaje épico, pensé. Mis padres me prepararon para mi largo viaje diciéndome: "Pepito, emprenderás una gran aventura. Viajarás durante más de 24 horas. Saldrás de La Habana, llegarás a Ciudad de México, cambiarás de avión y volarás a Los Ángeles en el estado americano de California. Desde Los Ángeles harás una breve parada en el nuevo estado americano de Hawái. Cambiarás nuevamente de avión y luego volarás a Australia, aterrizando a primera hora. Esperarás unas horas y tomarás otro avión y volarás durante siete horas y llegarás a una ciudad llamada Perth. Allí un hombre llamado Lance, que habla un poco de español, te llevará donde tu tío. Cuando llegues allí. Por favor llámanos." Las últimas instrucciones que me dio mi madre estuvieron llenas de lágrimas en los ojos. Ella me dijo: "Pepito, escríbenos todas las semanas y no te preocupes, que tenemos previsto que la azafata de la aerolínea te atienda durante este largo viaje. Te veremos pronto."

Cuando abordé el avión que salía de Cuba, tenía miedo e hice todo lo que estaba en mi poder para no llorar cuando me di vuelta en la pista y saludé a mis padres, aunque no podía verlos.

Las siguientes horas fueron una mezcla de nerviosismo y emoción. Todas las azafatas de la aerolínea me cuidaron como mi mamá había prometido.

Nunca tuve hambre ni sed y hasta me traje una almohada y una manta.

Como decía mi mamá, fui de avión en avión. De ciudad en ciudad hasta que aterricé en Perth.

Perth. Qué palabra tan difícil de decir. En español no tenemos el sonido "th", así que cada vez que lo decía sonaba como "Perfff". Bueno, pensé, no tendré que decir demasiado.

Mientras nos acercábamos al aeropuerto en "Perfff" me pregunté si el hombre que se suponía estaba allí para recibirme se habría olvidado de mí, por lo que mi ansiedad aumentó. En mi mente, sabía que iba a estar bien.

Un empleado de la aerolínea me dio mi bolso y me señaló a un hombre parado con un gran cartel con el nombre "Pepito" impreso. Cuando me acerqué al hombre, él me dio una gran sonrisa, me tendió la mano para que la estrechara y con el acento más divertido dijo: ¡Bienvenido a Australia, amiguito! Mi nombre es Lance. Estoy aquí para llevarte con tu tío.

Luego, Lance me llevó a un divertido vehículo al que llamó "Ute". Qué palabra más curiosa, pensé y partimos hacia la estación de mis tíos. Le pregunté a Lance por qué mi tío vivía en una estación. ¿Corrió un tren? Lance echó la cabeza hacia atrás y se río como un pirata; No, pequeño amigo. Aquí llamamos a las estaciones lo que los americanos llaman rancho. Ah, entonces una estación era un rancho, o "rancho" como los llamábamos en Cuba.

Mientras íbamos por la carretera, Lance dijo que teníamos un corto trayecto en coche. Unas seis horas, dijo, y no se preocupe, porque tenía mucha agua y algo que llamó "amortiguador". Tantas palabras divertidas en Australia. No le pregunté a Lance qué era el amortiguador porque no dejaba de hablar. Me estaba señalando cosas y usando muchos más nombres graciosos, y luego frenó el "Ute" y casi me golpeó la cabeza con el tablero.

Justo frente a mí había un animal que, según Lance, era un wombat. "Un wombat es un cruce entre un oso, un cerdo y una tuza", dijo Lance. "Es una criatura noble."

Después de que el wombat terminó de cruzar la carretera, continuamos hacia Waggalillibon y mientras estaba sentado mirando por la ventana, no pude evitar pensar en la gran aventura que me espera.

UN SENTIDO DE CULPA

Se acercaba el cumpleaños de mi esposa y le fallé. Fue totalmente culpa mía.

Durante semanas escuché las insinuaciones de mi esposa, pero nada penetró en mi pequeño cerebro.

Sus pistas eran evidentes, expresadas con palabras finamente detalladas que me indicaban claramente el objeto de su búsqueda.

"Camden. Diamante. Anillo. Joyería."

Sé que escuché las palabras. Estaban allí, pero las consideré como simples indicaciones, ya que mi esposa es una mujer de gustos simples. No necesita cosas extravagantes.

"Ajá", resonaron las palabras en mi mente.

"Camden. Diamante. Anillo. Joyería."

No podía ser mi esposa quien hablaba, me dije a mí mismo. Tenía que ser alguien más.

Alguna mujer egoísta se había apoderado de su cuerpo y mente, y esta mujer deseaba esta "cosa" y soltaba estas indirectas.

No debía dejarme engañar por esta mujer.

Llegó el día. El día de la celebración del nacimiento de mi esposa. Me vestí y bajé las escaleras, encontrándola sentada en la encimera del desayuno de la cocina. Le di suavemente un beso en la parte superior de la cabeza y me acerqué a la puerta cerrada de la despensa.

Al abrir la puerta, metí la mano y saqué una nueva tabla de planchar de un blanco brillante. Me volví hacia mi esposa con mi mayor sonrisa y le dije: "¡Feliz cumpleaños, cariño!"

Entonces comenzó la pelea.

REGALO DE CUMPLEAÑOS

"¿Te gustaría ir al cementerio?" preguntó mamá, y sabiendo que siempre está ansiosa por hacerlo, simplemente asentí con la cabeza. Era el 1 de abril de 2010, mi cumpleaños, y la estaba visitando en Luffing Waters, mi ciudad natal de poco más de 3.000 habitantes en la zona rural de Nueva Gales del Sur. Lamentablemente, no regreso allí con frecuencia; mi última visita fue en 2001, cuando papá fue enterrado.

Mi papá era un hombre duro y nunca le caí bien.

Muchos días recibí azotes sin razón alguna, y mi mamá nunca intervino ni dijo nada al respecto. Nunca hablamos realmente sobre mi papá y nuestra extraña relación. Muchas noches me quedaba en la cama llorando hasta quedarme dormido, y mi madre nunca vino a consolarme. Por eso, ella tampoco estaba en lo más alto de mi lista, pero acepté todo esto y tan pronto como pude, me fui de Luffing Waters para ir a Sídney.

"Sabes, Billy, no te veo mucho estos días", me dice mamá suavemente mientras estamos en el auto.

"Lo sé, mamá. Con el trabajo, los niños y desde la muerte de Mary, mis fines de semana están ocupados haciendo cosas en casa y preparándome para pasar tiempo con los niños. Debería esforzarme más. Lo siento", respondo, esperando que esta disculpa alivie mi falta de visitas a mamá y que ella no se sienta descuidada por no ver a sus nietos con tanta frecuencia.

Nos quedamos en silencio por un momento, pero luego decido hacerle algunas preguntas a mamá para tener al menos una conversación agradable por la que ella podría recordarme.

"Mamá, cuando vienes al cementerio, ¿qué haces?"

"Sobre todo, me aseguro de que las flores estén todavía en el jarrón porque a veces el viento se las lleva. También reemplazo las que se han desgastado por el sol. Principalmente, me aseguro de que el nombre de tu papá, Angus, todavía se pueda leer, y que todo esté limpio y ordenado para poder verlo cuando me acerco a la lápida. Por último, también me aseguro de que mi lápida junto a la suya esté bonita, limpia y lista para cuando llegue mi momento."

"Lo sé, mamá. Siempre has sido excelente en eso", digo, tratando de poner una sonrisa en su rostro.

Mientras giramos suavemente y bajamos por el camino que nos lleva a Emerald Hills Memorial Gardens, mamá murmura en voz alta para sí misma y comenta lo bonito que se ve el cementerio y lo bien mantenido que está y qué magnífico lugar será para descansar por la eternidad. Nuevamente veo una hermosa sonrisa en el viejo rostro.

"Aquí Billy. Gira aquí. Vea las lápidas de ese lado con todas las banderas australianas," instruye mi madre, señalando a su izquierda. cuando pronuncio.

Oh, sí, continúa, "Billy, hace tanto tiempo que no estás aquí que olvidaste dónde descansa en paz mi querido Angus, tu padre".

Aunque sé la respuesta, respondo: "Sí, conozco a mamá", tanto para llegar a un acuerdo con ella como para no repetir mis razones para no visitarla.

Al llegar al lugar exacto que mamá me señaló, detengo el auto y la ayudo a bajar. Mientras caminamos hacia el cementerio y hacia la lápida de mi padre, descubro una lápida adyacente grabada con mi nombre y fecha de nacimiento, pero la fecha de muerte estaba en blanco.

Casi se me salen los ojos de las órbitas cuando veo esto, y todo lo que puedo pensar es: ¿algún tipo de broma?

Me dirijo a mi Madre que, con una gran sonrisa, me dice en voz alta; "Ahora Billy, ¿no es esta una agradable sorpresa para tu cumpleaños?"

Mirando mi propia lápida, pregunto: "Mamá, ¿qué te hace pensar que este es un regalo de cumpleaños apropiado para tu único hijo? ¿Qué te hace pensar que me enterrarían aquí? ¿Alguna vez pensaste que tal vez quisiera ser enterrado junto a Mary? ¿Y qué pasa si me vuelvo a casar? ¿No preferiría ser enterrado con mi nueva esposa, o ella conmigo si fallezco primero?"

Mamá se toma un momento o dos para reflexionar profundamente y luego da una respuesta sorprendente. "Billy, ¿nunca te has dado cuenta de que nunca me gustó Mary? ¡Dios bendiga su alma! Siempre pensé que ella no era adecuada para ti. Siempre estaba gastando el dinero que tanto te costó ganar en cosas frívolas, decorando demasiado la casa y yendo a vacaciones terriblemente caras. Nunca entendí por qué tenían que pasar sus vacaciones en Sídney. ¿Qué le pasa realmente a Bathurst?"

Sabiendo que me arrepentiría de cualquier cosa que dijera y que mamá estaría enojada conmigo para siempre, no tenía nada que perder, así que simplemente me di vuelta y la dejé allí, junto a la tumba de papá. Si a ella no le gustaba, bueno, podía unirse a él.

Al poner la llave en el auto y arrancar, siento nuevamente una soledad similar a la que experimenté en mi juventud, pero esta vez no me hace llorar, sino que siento un sentimiento de que finalmente estoy libre de mis demonios.

ÚNETE AL EQUIPO "NORTE"

"De ninguna manera deberíamos contratarlo", dijo Abigail. "¡Este sería su primer trabajo! ¡Piénsalo! ¡Su primer trabajo! No trae experiencia, solo trae ignorancia, nada."

Asimilando todo, reflexioné sobre mi respuesta y luego pregunté: "¿Por qué no, Abigail? ¿Por qué no darle una oportunidad? Mira su foto. Es perfecto para el tipo de misiones que realizamos".

"Espera un momento", interrumpió Gayle. "Se ve genial en la fotografía, pero ¿podrá soportar el estrés del trabajo? ¿Es su fortaleza mental lo suficientemente sólida como para resistir las presiones de las tareas que realizamos? No estoy seguro."

"Bueno, creo que sí puede", intervino Beatrice. "¡Mira su CV! Es un placer leerlo. Tiene títulos en bioquímica y biología molecular, ciencias matemáticas, psicología y, para rematar, habla los seis idiomas principales del mundo: chino mandarín, español, hindi, bengalí, portugués, ruso y su lengua materna, el inglés. Esto representa el 36% de la población mundial."

"Aun así, no estoy convencida. Escucho vuestros comentarios, todos válidos, pero como ya he dicho, no estoy convencida", insinuó Abigail.

"Está bien, ¿qué hay de sus habilidades físicas?" añado.

Abigail revisa su CV y comparte sus pensamientos.

"Bien. Posee algunas habilidades valiosas en artes marciales. Veamos... Tiene altos niveles de estatus en Karate, Kung Fu, Muay Thai, Jiu-Jitsu brasileño y Krav Maga. Bastante impresionante, pero ¿realmente es suficiente?"

Las cabezas asienten en todas direcciones en el equipo. El equipo está dividido: algunos asienten con la cabeza, pero de repente, como una reacción en cadena, hay unánime consenso en los asentimientos, todos afirmativos menos uno: Abigail.

"Es eso. Necesito concluir esta reunión." Mirándola directamente, le lanzo la pregunta a Abigail.

"¿Qué es lo que él tiene que simplemente no puedes aceptar? ¿Por qué no puede unirse a nuestro equipo, Abigail?"

Abigail hace su mejor tiro y, con una mirada seria dirigida a todo el equipo, responde a mi pregunta.

"Se ve mejor con un vestido que todas nosotras".

Nuestra risa se vuelve contagiosa y, después de que nos calmamos, decidimos que cualquier hombre que pueda verse mejor que cualquiera de nosotras con un vestido es digno de unirse al equipo.

Pero yo solo veo rojo.

Al abrir la puerta de la casa de mi padre, una sensación de tristeza me invade. Hoy mi misión es revisar la casa y ordenar sus pertenencias desde su fallecimiento.

Han pasado más de tres años desde que la visité por última vez, y noto muchos cambios tan pronto como abro su puerta roja.

Es evidente que papá ha realizado algunas remodelaciones en los últimos años y ha optado por algunos extremos, lo cual no era nada propio de él.

Desde la puerta y las contraventanas rojas, que crean una fachada interesante y llamativa, hasta las cortinas de terciopelo rojo en el salón y los tres dormitorios.

Incluso los muebles adquirieron un intenso color rojo, con el salón, el sillón reclinable y la silla auxiliar exhibiendo vibrantes tonalidades de rojo.

Lo que me sorprendió fue la colección de libros en su biblioteca. Colocados en estanterías blancas de IKEA (afortunadamente no pintadas de rojo), había una colección de más de 1000 libros, y lo único distintivo de ellos eran los títulos.

Desde "Hunt for Red October" hasta "Red Storm Rising" y "Red Rabbit", estos dos últimos formaban parte de una amplia selección de trabajos publicados por Tom Clancy. Mientras echaba un vistazo a la colección, me preguntaba si papá realmente los había leído todos.

Entre ellos, se encontraba una primera edición de "La máscara de la muerte roja" de Edgar Allan Poe, publicada en 1805, que seguramente debía valer una fortuna. También había una primera edición de "El poni rojo" de John Steinbeck, publicada en 1933, y para mi deleite, "La muerte roja" de Stephen Crane.

La primera edición de "Badge of Courage" se publicó en 1895. Una vez más, otro tesoro, y muy probablemente también bastante valioso.

En esta colección, papá incluso tenía libros para niños, que sé con certeza que nunca compartió con ninguno de sus nietos. Títulos como "Clifford el gran perro rojo", "Un pez, dos peces, pez rojo, pez azul", "Caperucita Roja", "Las aventuras de la ardilla roja Chatterer" e incluso "Amber Brown ve rojo".

Pensé que su gusto por los libros lo convertía en un gran bibliófilo, ya que incluso su variedad de libros contenía libros de viajes ("El gran viaje en tren rojo") y libros históricos ("Victoria roja: una historia de la revolución rusa" y "Horizontes rojos"): La verdadera historia de los crímenes, el estilo de vida y la corrupción de Nicolae y Elena Ceausescu"), así como "Tormenta roja sobre los Balcanes: la fallida invasión soviética de Rumania, primavera de 1944", por nombrar sólo algunos.

Para mi sorpresa, papá incluso tenía libros sobre deportes, lo cual es una gran sorpresa ya que ni siquiera pateó un balón de fútbol conmigo. Sin embargo, su variedad entre los libros sobre este tema se incluye "Red Smith on Béisbol", también "Los mejores momentos y jugadores de los Detroit Red Wings" y "Cómo los Boston Red Sox ganaron la Serie Mundial".

Otra gran sorpresa fueron algunos libros de erótica. Con títulos como "Red Hot Erotica" y algún que otro que me importa no mencionar.

Después de examinar la biblioteca, me aventuré al dormitorio de mi padre. Oh, chico. Al entrar en la habitación, encontré más rojo. Mucho más rojo. El rojo llenó la habitación. Desde una colcha roja, adornos rojos en las ventanas y una pared decorativa roja, mi papá había pasado de extraño a muy extraño, pensé, hasta que llegué al baño. Maravilloso. ¡Al menos el baño es rojo!

Al abrir con cuidado la puerta del baño, encuentro un resplandor rojo. El asiento del inodoro rojo, el bidé rojo, la bañera roja y la mampara de la ducha eran de color burdeos claro, todo coordinado con las toallas blancas y rojas colocadas estratégicamente en los gabinetes rojos y blancos del baño.

Cuando comencé a revisar su armario y sus cajones, nuevamente apareció ante mí una cascada roja. Camisas rojas, pantalones rojos, un par de zapatos de golf rojos y blancos y, nuevamente, un par de zapatos flapper rojos y blancos como los que se usaban en la década de 1920. Me da vergüenza decir incluso ropa interior roja.

Me tomó un par de semanas documentar, clasificar y catalogar el contenido de la casa de mi papá y llegué a la conclusión de que la razón por la que a mi papá le encantaba el color rojo era porque se dice que el rojo hace que las personas sean más atractivas. Al ver a otros frente a fondos rojos, encuentras a esos otros individuos más atractivos que cuando los ven recortados contra otros colores, por eso mi papá usó el rojo para la pared del dormitorio. Usar el rojo también nos da una explosión de fuerza, por lo que los rojos son opciones maravillosas para alguien que pueda necesitar esa confianza adicional.

Cuando salí de la casa de mi papá, me prometí a mí mismo que no lo juzgaría, sino que aceptaría algunas de sus peculiaridades, no todas, ya que el rojo también es un maravilloso color de vino y a mí me encanta el vino.

EN LA CAFETERÍA

En la cafetería, Liz esperaba al individuo que le dejó la extraña nota debajo de la puerta de su dormitorio.

"Nos vemos en la cafetería hoy a las 10 a.m. Tengo información importante para ti. Trae libreta y bolígrafo." Lo firmaron con una E.

Esperar no era una cualidad que Liz poseyera, pero estaba saliendo de su clase de taquigrafía para esta peculiar reunión, lo cual la intrigaba. Mientras observaba el reloj en la pared, las manecillas marcaron las 10 a.m. y luego escuchó la pequeña campana que estaba pegada a la puerta principal de la cafetería.

Entra un apuesto joven y se dirige directamente hacia ella. Con anticipación, Liz se endereza, esperando que este sea su nuevo fan anónimo. Sonríe, pero él simplemente pasa y se dirige al mostrador para ordenar su café.

Mientras Liz considera si él es el hombre que la invitó, siente que le tocan el hombro. Sorprendida, se da vuelta y encuentra a una mujer mayor de aspecto severo, probablemente de unos cincuenta o sesenta años, que sonríe y le dice: "Él no está en tu destino, querida. Ahora escucha atentamente y escribe todo lo que te digo. Date prisa, niña, que tengo poco tiempo."

"¿Quién eres?", pregunta Liz.

Sin responder a su pregunta, la mujer mayor balbucea palabras extrañas y señala el bloc de notas, indicando que escriba. Liz, sin dudarlo, empieza a transcribir lo que dice la mujer mayor.

Palabras comunes y otras desconocidas se suceden, algunas son reconocibles como "manzanas", pero otras le son completamente ajenas, como "bitcoin", "Canva", "Zoom", "Moderna", "Amazon", "Costco", "Netflix", "Nvidia", "Nio" y "Uber".

La mujer continúa dictando más palabras; "Alibaba", "Sony", "Tupperware" y muchas otras que llenan rápidamente la hoja del periódico con un galimatías desconocido para Liz.

Cuando la mujer mayor deja de hablar, sonríe y se dirige hacia la salida. Liz, preocupada, se apresura a seguirla, pero se da cuenta de que olvidó su bolígrafo y libreta en la mesa y regresa a recogerlos. Al salir de la cafetería, mira hacia ambos lados y la ve: la mujer mayor entra en un callejón cercano. Liz decide seguirla para averiguar qué hacer con toda esa información.

Corriendo hacia el callejón, se detiene de repente al ver una enorme luz circular girando rápidamente al final del pasaje. La mujer mayor está allí, esperando. ¿Qué está esperando?, se pregunta Liz.

Al acercarse, la mujer mayor se gira y le sonríe. "Por una vez en tu vida, Liz, sigue las instrucciones y presta atención a esas palabras. Serán más útiles de lo que piensas."

Luego, la mujer se da la vuelta y camina hacia la luz, desapareciendo en un instante.

Aturdida, Liz se queda allí preguntándose quién es esta mujer y qué significa todo esto. Sin embargo, algo en su mente le dice que, hace apenas unos minutos en la cafetería, se vislumbró a sí misma en el futuro.

ESCUCHA A TU CORAZÓN

¡Ey! ¿Por qué me apartaste, Michael? Esta vez, por primera vez, te tuve bajo control. ¡Por primera vez en mucho tiempo!

Michael Howell es el matón del barrio. Ha estado acosándome a mí y a mis amigos constantemente, solo porque puede. Para un niño de diez años, es enorme; nada más que masivo sería una mejor descripción. Con setenta kilos y ciento sesenta y cinco centímetros de altura, es como una montaña en mi quinto grado con la señorita McDonald. En comparación, mido 144 centímetros y peso 61 kilos, así que cuando se para frente a mí en la asamblea, los profesores apenas pueden verme.

"Te dije, Billy, que evitaras a Michael Howell en todo momento y, sin embargo, aquí estabas peleando con él. Me alegro mucho de haberlo visto y haberte sacado antes de que te lastimara."

“Mamá, me sacaste en el momento equivocado. Lo tenía abajo. Estaba listo para darle un puñetazo en la cara. Finalmente, pude vengarme de él y de su acoso y en el momento en que hago que eso suceda, la primera vez, me agarras del brazo y me arrancas de él. ¿Por qué?”

“Una vez más, te repito. No deberías estar peleando. Por eso te aparté de él. Ahora dime ¿qué provocó esta pelea?”

“Mamá, sabes que hoy es lunes 21 de junio de 2021, ¿verdad?”

Por supuesto, Billy, lo sé.

“¿Sabías que hoy es el día más corto del año?”

“No, no lo sabía. ¿Qué tiene eso que ver con que usted y Michael Howell se pelearan a puñetazos?

"Bueno mamá, Michael dijo que como hoy es el día más corto del año debería usar la falda más corta que mi hermana tiene en su armario ya que soy más baja que ella".

“Entonces, ¿esta pequeña provocación inició la pelea?” "Sí, mamá, lo fue".

“Billy, ¿por qué simplemente no te marchaste?”

“Esta vez seguí tu consejo, mamá. Hice lo que sugeriste.”

"¿Qué? Nunca dije que pelearas. ¿Cuándo dije tal cosa?"

"Cuando me dijiste la última vez que luché con él para seguir mi corazón. Así que lo hice.”

PARALIZADO DE MIEDO

Jessica se encontraba paralizada por el miedo, incapaz de decidir cuál sería su próximo curso de acción.

El momento de tomar una decisión rápida había llegado, y allí estaba ella, incapaz de determinar su próximo paso. Esta era la primera vez en mucho tiempo que Jessica se encontraba tan paralizada, incapaz de tomar una decisión definitiva. Todos los días, tres veces al día, veintiuna veces a la semana, mil noventa y cinco veces al año, había reflexionado sobre qué hacer y siempre había llegado a una respuesta concluyente. Sin embargo, en ese momento, algo había cambiado.

¿Qué había sucedido?

¿Habían dejado de fluir sus jugos creativos?

¿Se habían agotado sus reservas creativas después de tantos años, dejándola vacía?

¿Su musa planificadora había dejado de trabajar para ella?

Jessica sentía una falta de concentración y atención que nunca había experimentado antes.

"Debo haber confabulado un poco", se dijo a sí misma.

Para ayudar, Jessica se propuso abrir una botella de Penfolds Bin 169 Cabernet Sauvignon 2016 y, a $ 359,000 la botella, murmuró: "Será mejor que esto ayude".

Al beber un vaso tras otro y saborear principalmente grosella negra, crema de cassis, aceituna negra, anís y un toque de sabor a violeta, Jessica siente que ha desperdiciado una gota maravillosa ya que no se le ocurre ni un solo pensamiento nuevo de creatividad.

Los Pendol le fallaron, pero Jessica tenía un arsenal disponible, así que abrió una segunda botella de vino. Esta vez, una selección francesa: un Chatea des Deux Rives Bordeaos 2016 que cuesta $240,000 y espera que sus agradables aromas de frutos rojos, con su toque de nuez fresca y vainilla tostada y su mezcla fresca y completa de frutas, la inspiren hoy.

Sintiéndose un poco tambaleante, Jessica todavía no sabe qué hacer cuando su hijo adolescente entra y dice: "Mamá, ¿qué vamos a cenar?"

Jessica continúa parada paralizada por el miedo porque todavía no tiene respuesta.

DÍA DE SAN PATRICIO

Aquí hay muchas historias sobre cómo se estableció el Día de San Patricio y hoy el lector leerá la única versión auténtica, y creo que el lector quedará asombrado.

En una hermosa mañana de domingo, Patricio caminaba por las cálidas y arenosas playas de El Miramar en La Habana, Cuba, cuando notó un gran barco en alta mar y vio un bote de remos lleno de piratas caribeños bajado de su costado y una vez en el agua, el bote de remos comenzó a remar hacia la orilla directamente hacia él.

Esta vista simplemente cautivó a Patricio mientras estaba parado en la costa y con las olas rompiendo a sus pies, se quedó hipnotizado. Se sentía emocionado porque él, a sus once años, había oído muchas historias sobre los piratas del Caribe, pero nunca había visto ninguna, y ahora eran tres de ellos en el bote de remos que venían hacia él.

Al desembarcar en la orilla en una fracción de segundo, los piratas agarran a Patricio, arrojándolo al fondo del bote de remos y rápidamente regresan a su barco, que zarpó hacia nuevos mundos desconocidos para Patricio.

Después de semanas en mar abierto, Patricio ve tierra por primera vez y contemplo el delicioso paisaje extendiéndose frente a él y una gran ciudad portuaria a la que escuchó que el pirata llamaba "Portas". Después de aterrizar en tierra firme tras tantas semanas, llevaron a Patricio a un gran almacén y lo vendieron como esclavo para trabajar en el campo.

Patricio trabajó ridículamente duro en los campos para su amo y oró para que alguien lo liberara y luego, un día, Patricio escuchó una voz que le decía que escapara, lo cual hizo y caminó todo el camino de regreso a la ciudad portuaria de Portes y encontró un barco que iba. a la ciudad portuaria de Cork. Como nunca había oído hablar de Cork, Patricio decidió que cualquier cosa superaba su estilo de vida actual, por lo que se subió al barco con destino a Cork.

Mientras navegaba hacia Cork, Patricio soñaba despierto con su nacimiento en Cuba y ese fatídico día en la playa y su captura por los piratas del Caribe. Creció hasta la edad adulta cerca de la ciudad portuaria de Portes y tampoco pudo olvidar cómo sonaba la voz que lo había salvado mientras estaba en ese miserable lugar de Portes. Decidió que una vez que llegara a esta tierra desconocida llamada "Cork" conseguiría que la mayor cantidad de gente posible escuchara la historia de la voz que le hablaba.

Patricio viajó a lo largo y ancho de la tierra que luego supo que se llamaba Irlanda contando a todos su historia, pero los sacerdotes druidas se enojaban con él porque obviamente estaba amenazando su dominio, pero eso no disuadió a Patricio porque tenía muchas aventuras, escapadas e historias para compartir con el pueblo de Irlanda, principalmente con las mujeres.

Los hombres tardaban demasiado en proponer matrimonio a las mujeres en Irlanda en el momento de los viajes de Patricio, por lo que Patricio pensó en este tema y concluyó que tenía una solución al problema. Patricio comenzó a decirles a las mujeres que estaba bien que las mujeres pidieran matrimonio a los hombres y que, si un hombre rechazaba la propuesta, Patricio dijo que el hombre debería darle a la mujer cien libras o un vestido de seda, lo que Patricio pensó que sería un trato justo. La idea despegó espléndidamente.

Muchas mujeres empezaron a pedir matrimonio a los hombres y, si se negaban, al menos obtendrían algo a cambio. Hay tantas historias atribuidas a Patricio y las muchas cosas maravillosas que hizo, como deshacerse de las serpientes en Irlanda. Los ciudadanos de Irlanda adoptaron a Patricio como propio, de manera similar a cómo los australianos adoptaron a los Bee Gees y los reclamaron como australianos y no británicos. Luego, la población irlandesa cambió su nombre de Patricio a Patrick. En el momento de su muerte, el 17 de marzo, Patricio, ahora más conocido como Patrick, había hecho mucho bien y más tarde fue proclamado santo patrón de Irlanda.

Ahora ya conoces la verdadera historia de cómo un joven cubano se convirtió en uno de los santos patrones de Irlanda y por qué celebramos el Día de San Patricio hasta la fecha.

EL ABRIGO DE LANA AZUL

Lo primero que noto es el frío. Me duele la cara. Nunca había sentido algo como este pinchazo. Siento como alfileres y agujas en mi cara, brazos, piernas, por todo mi cuerpo de once años. Bajar del avión a la pista del Aeropuerto Municipal de Atlanta esa mañana de enero fue un momento significativo porque, según mis padres, había aterrizado en la tierra de las oportunidades.

Al caminar por la terminal, el frío del lugar continúa atormentándome y no me dejaba y mis padres lo sabían porque también sintieron la amargura del clima mientras salíamos para encontrarnos con los amigos de mis padres.

Totalmente desprevenidos, pensé que lo estábamos.

Shorts caqui, camisa azul de manga corta y chanclas fueron nuestros outfits sacados de una escena de playa caribeña. Tenía sentido ya que venimos de una isla caribeña a las gélidas tundras de Atlanta. ¿Por qué le pregunté a mi padre en el avión?

"Para escapar", fue su respuesta.

¿Escapar?

¿Por lo que me preguntaba? Yo no lo sabía. Me dijeron que íbamos de vacaciones, pero de ninguna manera estos eventos se parecían a ningún día festivo en el que recuerdo haber estado.

"Allá, Están Miguel y Luz", señala mi madre.

Después de lo que pareció toda una vida de abrazos, besos y sollozos, dirigen la atención hacia mí y mis temblores en el viento.

"El chico debe estar helado. Salgamos de este viento y vayamos a buscarle un abrigo."

Subiendo al Ford Fairlane de 1962, me acurruqué entre mi madre y mi padre en el asiento trasero y me sentí como un pajarito calentado en su nido mientras mis padres me cubrían. Me estaba calentando un poco mientras el Fairlane avanzaba por la interestatal hacia la tienda para comprarnos algunos abrigos a todos.

"Lo llevaremos al Sears Roe Buck & Co en la Avenida Ponce de León. Es fantástico", dijo Luz mientras se giraba desde el asiento delantero y hablaba con mis padres.

Al aproximarnos al edificio, quedé impresionado.

Nunca antes había visto un edificio tan enorme, o, mejor dicho, gigantesco, pues tenía más de diez pisos de altura. Al estacionar el Fairlane, nos aventuramos adentro e inmediatamente sentimos el aire cálido en mi cara. "Tiene calefacción central. Es bastante avanzado y cómodo. Hacen que sea muy agradable comprar aquí", explicó Miguel a mis padres, quienes estaban tan asombrados como yo.

"Están teniendo una gran venta de casi todo. Son las rebajas posteriores a Navidad, así que hoy deberíamos poder conseguirte unos cuantos abrigos bonitos", añadió Luz mientras guiaba a mi madre hacia los abrigos.

Abrigos, abrigos y más abrigos. Cubrieron todo el piso con capas de todos los tamaños, colores y texturas. Muchos tenían carteles con letras grandes "OFERTA" mientras que otros tenían letreros de "REDUCIDO", pero aparentemente estos no atrajeron el interés de Luz. Luz se dirigió directamente hacia un enorme cartel en letras grandes "LIQUIDACIÓN" en letras grandes, y nos llevó a todos en esa dirección.

Aquí encontramos aún más variedad de abrigos para niña, niño, mujer y hombre de todos los estilos y colores, tantos que pensé que estaríamos todavía en la tienda hasta el atardecer decidiendo qué comprar.

No me pidieron mi opinión. Simplemente me entregaron abrigo tras abrigo para que me probara, y mi madre y Luz comentaban cómo me veía con cada uno de ellos, mientras Miguel y mi padre se turnaban para probárselos también. Miguel dijo que no necesitaba uno, pero que simplemente le gustaba probarse los abrigos para asegurarse de que "no ha ganado peso con el arroz con pollo" de Luz mientras se reía y ayuda a mi padre con un abrigo marrón.

De repente, mi madre jadea mientras agarra un abrigo de lana azul del perchero de "LIQUIDACIÓN". "Este es simplemente un hermoso abrigo. Mira el color azul brillante. Le irá muy bien al complejo de José. Creo que encontré el abrigo perfecto para él", dijo mi madre mientras me mira triunfalmente y me entrega el abrigo para que me lo probara.

Me pruebo el abrigo.

Me queda enorme.

No sienta bien.

Los brazos son demasiado grandes para mí y se extienden más allá de mis manos al menos seis pulgadas. El largo del abrigo también es demasiado grande para mí. Me hace parecer como si tuviera puesto un saco de patatas y no un abrigo.

Lo odio, y aun así...

A medida que pasan los minutos, me miro en el espejo que llega hasta el suelo y veo el color azul brillante que irradia los colores del mar desde casa y sentí la lana acariciando lentamente mi piel, su calidez mezclándose con el "calor central" y haciéndome sentir seguro, y cálido.

Mi padre toma mi mano izquierda, mira la etiqueta que cuelga del brazo del abrigo, sonríe con orgullo; "Lo aceptaremos".

Mientras conducimos hacia la casa de Miguel y Luz, sentado en la parte trasera del Fairlane, me acurruco aún más entre mis padres con mi nuevo abrigo de lana azul y sé que he encontrado un nuevo amigo en este lugar frío llamado Atlanta.

EL COLECCIONISTA

¡En el momento en que abrí los ojos, supe que iba a ser un gran día!

La sensación de éxito era abrumadora mientras bajaba las escaleras.

Abrí la puerta y saqué el periódico de la mañana de mi jardín delantero. Sí, hoy es el día en que encontraré mi nueva carrera. Con entusiasmo, preparé un café, me senté en la barra del desayuno y busqué el mejor puesto que me llevaría a una nueva carrera.

Allí estaba, al frente y al centro, en la segunda columna de los clasificados:

"¿Está buscando una carrera emocionante trabajando con individuos? ¿Disfruta trabajando con clientes y personal? ¿Le encanta identificar, localizar y notificar personalmente a las personas sobre cuentas vencidas y organizar los pagos? Tener pasión por organizar el cobro de una deuda que se transferirá a posesión de los acreedores y preparar estados de cuenta para el acreedor. Si es así, visite nuestra oficina en 13 Calle Main, Nivel 13, Suite 13, Camden NSW 1313."

Esto es todo, pensé. Esto suena como el paso profesional perfecto. Rápidamente terminé mi café, corrí escaleras arriba, me vestí con el mejor traje que tengo y me dirigí a mi futura profesión.

Al llegar al número 13 de Calle Main, entré al edificio y subí a un ascensor, marqué el nivel 13 y, cuando se abrieron las puertas, vi un letrero que apuntaba a la izquierda hacia la Suite 13.

Voy con entusiasmo en esa dirección para postularme para este puesto antes que nadie.

Al abrir la puerta, me esperaba una pequeña zona de recepción con un par de cómodas sillas. Otra puerta con la inscripción "Señor Lucíferos" impreso en la puerta de cristal ahumado y en un pequeño escritorio ocupado por una señora mayor de aspecto gruñón que no parecía feliz de estar allí, pero dijo: "¿Estás aquí por el puesto?"

"Sí, lo estoy. ¿Debo completar algún formulario de solicitud?", pregunté.

Al entregarme un portapapeles con una hoja y un bolígrafo, me señaló una silla para que me sentara y completara el papeleo. He completado muchas solicitudes de empleo antes y este fue, con diferencia, el formulario más simple que he visto en mi vida. Todo lo que hace son cuatro preguntas: Nombre completo. ¿Cuánto tiempo he vivido en la ciudad? Fecha de nacimiento. Detalles de contacto.

Bastante interesante, pensé mientras completaba el formulario. Se lo devolví a la señora y nuevamente ella me indicó que me sentara. Luego llama a la puerta y entra. Hice lo que me dijeron y me senté cómodamente esperando que me llamaran para mi entrevista.

Al cabo de unos minutos, la anciana gruñona sale de la oficina y dice: "Está listo para verte". Entra.

Bueno, eso fue rápido, pensé mientras me levantaba de la silla con entusiasmo y me conducían a la oficina del Señor Lucíferos.

Al entrar a la oficina, encuentro una lujosa oficina con muebles de roble, estanterías con muchos archivos y uno de los escritorios más grandes que he visto en mi vida, con una silla increíblemente cómoda frente al escritorio. Detrás veo al señor Lucíferos vistiendo un costoso traje de negocios confeccionado con las lanas más caras del mundo: vicuña y quiut. El vellón de vicuña es el símbolo del lujo supremo.

Son parientes cercanos de la llama y son originarios del Perú. La diminuta vicuña produce una lana increíblemente cálida y suave conocida como "La seda del Nuevo Mundo".

El suministro mundial total es de sólo doce toneladas por año. ¡No sorprende entonces que cueste más que el oro! Lo sé porque durante unos meses trabajé para Alexander Amo su y aprendí mucho, pero fracasé como vendedor de trajes de negocios.

El señor Lucíferos es un hombre guapo. Desde la profundidad de sus ojos hasta las amables expresiones de su rostro. Tan pronto como me dio la bienvenida, me encantó la forma en que su voz se aceleró cuando me pidió que me sentara.

"Por favor, siéntate, Albert. ¿Puedo llamarte Albert?

Mientras me hundía en la increíble silla, el señor Lucíferos comenzó la entrevista.

"Veo que vives en la ciudad desde hace veinte años. ¿Debes conocer a muchas personas que viven en la zona?"

"Sí lo hago. La belleza de un pueblo pequeño es que puedes conocer a muchos de tus vecinos a lo largo de los años y, a veces, incluso se convierte en un acontecimiento generacional en el que conoces a los abuelos, luego a los padres y finalmente a los hijos de toda una familia. Una experiencia placentera", respondo.

El señor Lucíferos luego pregunta; "¿Se siente cómodo con la descripción del trabajo que se colocó en el anuncio clasificado? ¿Tienes preguntas?"

Rápidamente revisé mentalmente la descripción del puesto del anuncio de trabajo y respondí a sus preguntas: "No hay preguntas, señor. El anuncio describía bastante las tareas y estoy listo para comenzar tan pronto como hablemos sobre la compensación."

"Excelente", dijo el señor Lucíferos, mientras me entrega una hoja de papel y encuentro el paquete de compensación detallado en ella. Casi me quedo boquiabierto cuando veo la suma de la compensación, la super contribución, el paquete de vacaciones. Pienso para mis adentros, ¿dónde firmo?

"Creo que este paquete de compensación es aceptable, señor Lucíferos. ¿Cuándo empiezo?"

El señor Lucíferos me entrega otra hoja de papel con la palabra

"Contrato" como título. Lo hojeé y no encontré nada preocupante. Veo que solo requiere que cobre todas las deudas debidas al Sr. Lucíferos, y eso es todo. Suficientemente simple. Simplemente localice a las personas que deben la deuda y recójala. Firmo en el acto y le devuelvo el contrato al Sr. Lucíferos.

El Sr. Lucíferos se levanta y gira a su izquierda y va a la estantería y trae un archivo extenso etiquetado con una sola letra “A” y me lo entrega.

“Aquí tienes, Alberto. Comience con este archivo y tráigame todas estas almas.”

DOS DE MI

Hoy me veo entre dos mundos.

Feliz de ser de ambos y muchas veces sueño qué es lo mejor para mí.

El país que no he visto en muchos años.

O en el que vivo ahora.

Dos culturas.

No quiero elegir.

Dos de mí hoy y siempre.

¿POR QUÉ DISFRUTO ESCRIBIR?

Mientras tecleo en el teclado de mi computadora, mi esposa me hace una pregunta sencilla: "¿Por qué te gusta escribir?" Una pregunta simple, pero poderosa. ¿Por qué me gusta escribir? No es porque sea un escritor prolífico y publicado; aún no lo soy. Mi deseo de algún día publicar una antología de ficción está presente, pero no es la razón por la que escribo.

Existen varias razones por las cuales los escritores se dedican a su oficio. Algunos lo hacen para informar, adoptando el papel de periodistas; otros para persuadir o expresar su opinión. También hay quienes escriben con el objetivo de entretener, pero la mayoría de los escritores lo hacen para expresarse. Esta última razón es la que impulsa mi deseo de convertirme en escritor. Las historias que disfruto escribir no solo surgen del mundo en el que vivo, sino también de un mundo imaginario que habito. Es un universo donde doy vida a estas narrativas y, en ocasiones, es un mundo al que deseo pertenecer y ser parte de él.

Ya sea una historia de romance, una historia de aventuras, una historia de ciencia ficción o un asesinato misterioso, estas historias me dan la oportunidad de experimentar, a mi manera, un mundo que sólo unos pocos individuos pueden experimentar.

Mi imaginación me permite ser el espectador de un periodo histórico o el héroe de una historia policial o, mejor aún, el protagonista romántico parecido a "El Zorro" y que no quiere parecerse a Antonio Banderas.

Entonces, dedico al menos una hora cada día a dejar volar mi imaginación, a veces incluso un poco más. En ese tiempo, trasciendo varios niveles de conciencia mientras me desplazo de una escena a otra, de una historia a otra. Es un proceso constante de evolución y cambio, pero siempre, absolutamente siempre, es mi historia y yo.

SOBRE EL AUTOR

La revolución cubana de 1959 planteó uno de los muchos desafíos en la vida de José. Nacido en La Habana, Cuba, José se encontró solo en un avión a los once años, llegando a un orfanato en la pequeña ciudad de Washington, Georgia. No volvió a ver a sus padres hasta cumplir los dieciocho años y graduarse de la escuela secundaria en Atlanta, Georgia.

Posteriormente, estudió Administración de Empresas en la Universidad Estatal de Georgia. Desde la universidad, incursionó en el mundo de las finanzas trabajando para el First National Bank of Atlanta (ahora Wells Fargo), y luego se adentró en la consultoría financiera como gerente de proyectos. Esta trayectoria lo llevó a viajar a múltiples asignaciones en los Estados Unidos, Europa y Australia.

José comenzó a escribir su primera novela después de mojarse los pies en la escritura creativa en un grupo de escritores en Camden, Nueva Gales del Sur, Australia. Esto le dio "el gusanillo", como él lo llama, y pronto su mente creó su primer personaje principal, Danny Monk.

Actualmente, José está trabajando en una antología de cuentos cortos basados en sus escapadas al orfanato y otras divertidas experiencias de vida.

Cuando no está frente a su computadora trabajando, José está leyendo o pasando tiempo con su esposa en largas y tranquilas caminatas por el área de Camden.

Visite www.jfnodar.com.au para obtener más información. Por supuesto, tus comentarios y reseñas siempre serán bienvenidos.

Visita https://jfnodar.com.au/book-reviews y cuéntame qué te pareció esta novela. Bueno, malo o indiferente, agradezco tu honesta opinión. Si tiene algún comentario que desee compartir sobre este libro o cualquiera de mis libros, envíeme un correo electrónico a; info@jfnodar.com.au

Te responderé en 24 horas. ¡Gracias por su compra!

www.ingramcontent.com/pod-product-compliance
Lightning Source LLC
Chambersburg PA
CBHW061057100726
47911CB00012B/283

* 9 7 8 0 9 7 5 6 2 8 1 0 2 *